U0940033

あん

铜锣烧也有春天

[日] 多利安助川——著

吕卫清——译

浙江文艺出版社

一

铜锣春铜锣烧。

从早到晚，千太郎一直对着铁板。

铁路边上有一条马路，与它一巷之隔的是一条商业街，叫“樱花道”。铜锣春就在这条街上。与几棵种得稀稀拉拉的樱花树相比，街上各家店紧闭的百叶窗倒是更引人注目。即便如此，到了这个季节，街上的行人还是多了许多，仿佛是为了赴一场与樱花的约会。

一个老妇人站在街边。

千太郎扫了一眼，又把目光移回和面盆。店门前有一株樱花树，樱花正绽放，如云似雪，簇满枝头。觉得对方肯定是来赏花的，可再次抬起头时，发现那个戴着白帽子的老妇人依然伫立在那里。她似乎不是在看樱花，而是在看自己。千太郎条件反射般地朝她点了点头，她立刻露出略显生硬的微笑，缓缓走近。

有些似曾相识。啊，想起来了，她几天前来买过东西。

“这个，”老妇人慢慢地抬起手指着玻璃门上贴着的纸，手指弯曲如钩，“真的不限年龄吗？”

千太郎停下了握着硅胶铲的手，问：“是您的孙子想来吗？”

她没有作答，只是眨了眨一只眼睛。微风吹动了樱花，花瓣越过玻璃门飘落到铁板上。

“请问……”她探过身，“我，行吗？”

千太郎“啊”了一声，有些怀疑自己的耳朵，却见她指着自己的鼻子说道：“我一直想干这个工作。”

千太郎来不及细思是否失礼，就笑了起来。

“您，多大岁数？”

“满七十六了。”

怎么才能把她挡回去，又不伤害到她呢？千太郎一边想着措辞，一边上下拨弄硅胶铲的尖。

“不好意思，我们这儿工资很低的，每小时只有六百日元。”

“啊？你说什么？”

老妇人把手放到耳朵上。

千太郎半探出身，说：“我说我们这儿工资很低，而且人手虽然确实不够，但上了年纪的老人还是不行的。”

他把铜锣烧递给小孩或者老人时，总是这个姿势。

“哦，你说这个啊。”弯曲的手指描摹着招聘广告上的字，“时薪一半就够了，三百日元。”

“三百日元?!”

“对!”

帽子下面，眼角绽开了笑容。

“不行，我觉得还是不行。对不起，您还是回去吧。”

“我叫吉井德江。”

“嗯?”

是耳朵不好，听错了吗？千太郎把手交叉放在胸前，做出一个拒绝的手势。

“阿婆，不好意思了。”

“哦……”

吉井德江还是目不转睛地盯着千太郎的脸，两只眼睛的形状不太相同。

“我们这儿干的，是高强度的体力活，您还是……”

德江张开嘴巴，仿佛要吸取很多空气似的，接着又突然转头指自己的背后，问：“这棵樱花树是谁种的?”

“您说什么?”

德江没有回身，还是看着樱花树，又问了一遍。

千太郎仰望着烂漫的樱花，说:“我不知道是谁。”

“应该是有人种的吧?”

“不好意思，阿婆，我不是本地人。”

德江一副言犹未尽的神情，看到千太郎又拿起了硅胶铲，于是只说了一声“我下次再来”，就离开了玻璃门前。她朝着与车站相反的方向走去，关节僵硬，步履蹒跚。

千太郎移开视线，继续和起了面粉。

二

铜锣春没有固定的休息日，每天到了上午十一点，百叶窗就会打开。

千太郎一般在开门前两小时套上厨师服，开始做一些准备工作。这么晚才动手，照理说是安排不过来的，但是铜锣春自有铜锣春的办法。

今天早上也不例外。千太郎喝了一杯咖啡提神，然后用脚把送来的纸箱踢进了厨房。纸箱中的塑料桶里装着粗粒的红豆沙，他取了出来，与昨天剩下来的搅和在一起。

豆沙可以冷冻保存，时间不长的话，香味、品质都不会受到影响。铜锣春利用的就是豆沙的这一特点。这样做并不犯法，只是讲究的点心店一般不会采用。

铜锣春从外面批发豆沙，这是从上一任厨师开始就立下的规矩。他们有一家合作了很久的店，每次送来五千克中国产的豆沙。

虽然不至于倒闭，但是也绝对不会门庭若市，这就是铜锣春的境况。所以一塑料桶的豆沙，一天不可能卖光，一定会有剩余，那么就冷冻起来。冷冻保存的豆沙可以在第二天、第三天，甚至第四天，日复一日地搅和下去。

把新旧豆沙搅拌在一起之后，千太郎开始准备铜锣烧的外皮。这个其实也可以直接从外面买现成的，只是价格偏高，所以他一直自己做。

把材料放进和面盆里搅拌均匀，然后点火烧热铁板，舀一勺面糊烤出一个个坯子，就是铜锣烧的皮了。这些皮要放进保温箱中保存。忙完这些，差不多就到了开店的时间，千太郎长吁一口气，从里面把百叶窗打开。他从不会给自己加油鼓气，面部表情没有丝毫变化。

下午，千太郎正坐在厨房的凳子上吃着便利店里买来的盒饭，玻璃门外出现了一顶白帽子。

“阿婆……”对方满脸笑容，千太郎只好站起来，“我记得您叫吉井，对吧？”

白帽子下是一张布满皱纹的脸，点头答是。

“您有什么事儿吗？”

吉井德江从手提包中拿出一张纸，上面是几个用蓝墨水写的字。字写得非常有特色，一笔一画仿佛要跳起来。

“我的名字，这样写。”

“哦。”千太郎瞥了一眼，“对不起，这份工作不适合您。”

他把纸推回去。德江弯曲的手指下意识地想要接住，又轻轻地收了回去。

“你也看到了，我的手有点儿不方便。所以，比上次说的便宜一点儿也行，两百日元就够了。”

“您说什么？”

“每小时的工资。”

“不是钱的问题。”千太郎又重复了一遍，“是我们这儿雇不了您。”

和上次一样，德江又只是目不转睛地盯着千太郎。千太郎后退一步，从保温箱里拿出一个铜锣烧包好后递给她，想让她回去。

德江仿佛看透了什么，径直问道："豆沙，也是你做的吗？"

"这个，是商业机密。"

千太郎回了一句，下意识地咽了下口水，喉结跟着上下抖动。

该不会……他转过身，看见调理台上除了便利店里买来的盒饭，还放着装豆沙的塑料桶。桶口大开，里面插着一把大勺子。千太郎挪了挪身子，挡住德江的视线。

"我上次在这里吃了一个铜锣烧，皮倒凑合，豆沙实在不好。"

"豆沙？"

"对，豆沙里没有制作者的心意。"

"您说心意吗？那还真奇怪啊。"

豆沙里怎么可能会有心意呢，但千太郎还是摆出了一副遗憾得不得了的表情。

"怎么说呢……不精致。"

"豆沙很难做的。阿婆，哦不，吉井女士，您做过豆沙吗？"

"我一直做这个，已经做了五十年了。"

"五十年？！"

袋装的铜锣烧差点儿掉到了地上。

“对，半个世纪。豆沙是有心意的，小哥。”

“啊，心意……”

千太郎把包好的铜锣烧递给德江，觉得自己似乎被一阵突如其来的风卷走了。

“不过对不起，我们这儿还是不能雇您。”

“这样啊。”

“实在抱歉。”

德江又用两只形状不一的眼睛盯着千太郎看。过了一会儿，她从手提包里拿出一个布钱包。

“这个不要钱。”

“那怎么行？”

德江把硬币整齐地摆在玻璃门边的迷你吧台上。她的手指都有些弯曲，大拇指外翻得厉害。

“是一百四十日元吧？”

不灵活的手指花了很长时间，才把一个百日元硬币和四个十日元硬币拿齐。

“小哥。”

“您说。”

“你尝尝这个。”

德江从包里拿出一个圆形塑料盒。透过包在外面的塑料袋，能看见里面装着黑乎乎的什么东西。

“这是什么？”

趁着千太郎接过塑料盒的工夫，德江离开了小店。

“这是什么？是豆沙吗？”

已经走出去的德江扭过身来点了点头，然后消失在了街角。

三

当天晚上，千太郎在站前的面馆里小酌了几盅。他点了一份天妇罗，一壶温酒，一碗盖浇荞麦面。吃上几口，再喝一点，脑海里回忆着白天发生的事情。

德江走后，千太郎把塑料盒原封不动地扔进了垃圾桶。虽然于心有愧，可他实在不想去碰它。然而，每次打开垃圾桶的盖子都能看到它，过了一会儿，千太郎终于还是把它拿了出来。哪怕尝一尝，也算对得起老人家的心意了吧。没想到，就这一口，令他皱紧了眉头。

德江送的豆沙与塑料桶里的完全不同，清香甘醇，沁人心脾。

“五十年……”千太郎一边回味着那个意外的味道，一边拿起酒杯凑近了嘴边，“那就是在我出生前就开始做了。”

他的目光落到了贴在墙上的菜单上。菜单是面馆老板自己写的，千太郎看到这些用毛笔写的字时，总会不由得想起自己的母亲。

“那个阿婆，大概和我老娘差不多年纪吧？”

脑海里浮现出一个伏在矮脚桌上挥毫写信的背影，小小的，缩成一团。如果是平常，千太郎往往会就此打住思绪。他一直尽量不去想早已死去的母亲以及十年未曾谋面的父亲。

只是，今天晚上他做不到。他已经几次想起小时候教自己作书写字的母亲了。

“呵……”

千太郎叹了叹气，满嘴酒味。

真是天有不测风云，人有旦夕祸福啊，原本立志于写作的自己结果却走到了这条道上。从高墙里出来的时候，母亲已经不在人世了。这几年，自己一天到晚站在铜锣烧的铁板前，过着从前绝对想象不到的生活。

舌尖变得苦涩。千太郎又倒了一些酒，一口气饮下。

记忆中的母亲。

母亲一般温柔娴静，但也不会隐藏心中的不安定。她有时和父亲激烈争执，有时和亲戚发生口角，大哭大闹也都是有的。孩提时代，他特别害怕看到这般情绪激烈的母亲，希望母亲能一直平和。偏爱甜食的母亲在吃豆沙饼、蛋糕时，总是兴高采烈的，那时，世界一片祥和宁静。矮脚桌上要是一直都有那些点心，就好了。母亲还会笑眯眯地问："好吃吧，小千？"

吉井德江的极品粗粒红豆沙，母亲如果尝了，会是什么表情，会说什么呢？

说不定，会有人喜欢呢。

而且，每小时只要两百日元。

真的吗？

真的话，那就请她来帮忙吧。

千太郎琢磨了一下请德江来兼职的可能性。他招人并不是因为活儿忙，而是因为对铜锣烧说话，铜锣烧不会回答他。他希望身边有个人。

阿婆，真的只要两百日元吗？

千太郎有些醉了，用迷糊的脑子盘算着。那个金额，基本就是免费了，而且她还那么会做豆沙，兴许能提高营业额呢。这样的话，每个月也可以多还一些钱，自己就可以提前解放了。

不过……

千太郎停下了倒酒的手。

她的手指不对劲，那样弯弯曲曲的手指如果被顾客看到了，都会在意的。

那让她只管做豆沙不就行了吗？

就这样办！

让她能做多少就做多少，趁机再把她做豆沙的手艺偷过来。那么大年纪了，估计没多久就会累倒走人的。

“不用出来招呼客人。”

千太郎一不小心嘟囔出了声。在别桌与客人交谈的面馆老板回过头，一双凹进去的眼睛瞅着千太郎。千太郎缩了缩脖子，拿起酒盅说了一句：“再来一盅酒！”

四

几天后。

千太郎从铁板上抬起头，又看到那个白帽子站在樱花树下。她笑盈盈地望着千太郎这边。

“你好！”千太郎主动打了声招呼。

德江在帽子下笑出了牙齿，像往常一样迈着笨拙的步伐，东摇西摆地走了过来。

“花都落了。”

“是啊。”

千太郎也跟着抬起头，仰望樱花。

“到赏叶时节了。”

“赏叶？”

“现在是叶子最美的时节，你看那边。”

顺着德江指的方向望去，绿油油的嫩叶在树梢轻轻摇曳。

“它们在招手呢。”

经她这么一说，倒真有几分神似，层层叠叠摇曳的树叶像是手拉着手的孩子。千太郎一边点头附和着，一边转过来面对着德江。

“吉井。”

“嗯？”

“你给我的豆沙很好吃。”

“啊，你吃了？”

“你愿意来帮忙吗？”

“啊？”

德江伸长了脖子。

“你，可以来帮我做豆沙吗？”

“好的……欸，真的吗？”

德江半张着嘴，看着千太郎。

“不过，你只管做豆沙，不用出来招呼客人。”

“这样啊……”

两个人相对而视，一阵沉默之后，千太郎招手示意德江到吧台席这边来。德江坐到椅子上，摘下了帽子，露出一头盖不住头皮的白发。

“拿锅、放锅之类的活儿，你行吗？很重的。做豆沙，是个体力活儿。”

“锅就交给你了。”

“啊？好吧。”

对答中，千太郎瞅了瞅德江的手。她的两手交叉得很巧妙，看不出手指是弯曲的。

“木勺，能握住吗？”

“能。”

“这么问有些失礼，不过你的手是怎么回事？”

“啊，这个嘛……”

千太郎觉着交叉在一起的手指，突然间收紧了。

“年轻时生了一场病，留下了后遗症。确实有些碍眼，但应该不会给你添麻烦的。”

“所以，你只要做豆沙就可以了。”

“至少我可以在这里工作了，对吧？”

德江仰起脸，露出了笑容。她的右脸跟着抽搐，千太郎觉得那下面似乎藏着一块硬板或者其他什么东西。左右两只眼睛形状不一样，也许就是因为这个吧。

“那，小哥你叫什么名字？”

这次，轮到她发问了。

“我叫辻井千太郎。”

“辻、井、千、太、郎？这个名字真好，像大明星的名字。”

“哪里哪里，怎么会呢？我这种人……”

应德江的要求，千太郎在一张便签纸上写下了自己的名字。

“那我应该称呼你为‘辻井先生’，还是‘店长’？”

“都行。”

“那就店长吧。店里的豆沙，是店长你在做吗？”

“呃，这个……”千太郎感觉突然被人从后面掐住脖子，噎住了，“其实，我自己做也做不好，有时一不小心就烧糊了。”

德江看向锅和炉子，仿佛早就明白了其中的缘由。千太郎有些尴尬，趁着上茶的间隙挡在了德江面前。

“你说你干了五十年，在哪儿干的？日式点心店里？”

“我……”

“在家里？”

其实这个问题并不重要。再进一步说，眼前这个老人是吉井也好，是吉田也罢，其实都不重要。

只要她会做上好的豆沙就行。

那样，营业额会上去，自己每个月就可以多还一些钱——千太郎心里在意的，只有这个。因而，虽然他不希望别人过问他的过去，但是对德江，该问的总还是要问。

“我的经历很复杂，说起来话就长了。”

“也是，应该会挺长的。”

“店长，你是这儿的老板吗？”

“不是，我算一个长工吧。”

“老板另有其人？”

“上一任厨师开了这家店，现在他老婆管事。”

“这么说，你对这家店不用负太大的责。”

“也不能这么说。”

“我是不是必须去跟老板娘打个招呼？”

“老板娘现在身体不好，每周来一次没一次的。反正她会来的，到时候再说吧。”

千太郎隐约看到，德江的神情在那瞬间放松了下来。

“上一任厨师呢?”

“去世了。”

“哦，是这么回事啊。”

德江不说话了，千太郎把记事本和笔递给她。

“我说阿婆，请把你的全名及联系方式留下来。”

德江看着记事本，没有动，似乎僵住了。她犹豫着说：“我的手指……”

这么快就出问题了？千太郎有些无奈。但是过了一会儿，德江还是拿起笔，一笔一画认真地写了起来。她的字有一种独特的风格，和上次用蓝墨水写的那些一样。写了很久才写完。

“你的电话号码呢？没有手机吗?”

“我没有电话，平常生活写信就足够了。”

“不是这个问题。”

“没事的，我绝对不会迟到，我比小鸟起得还早。”

“不是，我不是这个意思……”

记事本上写着一个小镇的名字，离市区有些远。千太郎瞅着那个地址，隐约觉得不对头，却也说不上来是为什么。

五

秒针滴滴答答地走动着。

千太郎把两只胳膊抽出来放在被子外，凝视着漆黑的天花板。他躺下前喝了几口威士忌，可还是睡不着。扭过脖子去够枕边的闹钟，用手指认真地确认闹钟开关是不是开着。

吉井德江的兼职从明早开始，每隔一天过来，只做豆沙。千太郎不好迟到，所以比平常提前了一些时间上床。

那个阿婆到底是什么人？

虽然说得很清楚，只是请她来做豆沙，但千太郎还是有些不放心。

也许是因为耳背，吉井德江时不时会答非所问。千太郎觉得这与她的人品无关。德江总是温柔地微笑着，眼睛深处不时闪现明亮的光，偶尔甚至看得千太郎有些发怵。

写下联络地址后，千太郎向德江挑明了店里的做法：豆沙一直用的批发货，各项准备工作从开店前两小时开始，等等。

不承想听完之后，德江突然提高了嗓门："怎么能这么做？如果想用现做的豆沙，在太阳公公出来前就该开始准备了。"

"这不是打个电话，就有人把豆沙送上门来了嘛。"

“你说什么呢？豆沙是我们的命根子，店长。”

“哦，好吧，所以我才请你来了。”

“店长，如果你是客人的话，会为了吃我们的铜锣烧排长队等着吗？”

“唔，不会。”

德江气势十足，将千太郎数落了许久。他虽然是店长，但几乎还不上嘴，最终只能按照德江的指示，从早上六点开始做准备工作。届时，千太郎进厨房煮红豆，德江则坐首班公交车赶过来。

“真麻烦！”

千太郎望着天花板，长长地叹了一口气。他在铜锣春的无偿劳动，到今年是第四年了，从来没有这么早开始上班的。

当初怎么就答应了这个阿婆呢？而且，这一张嘴还挺厉害。

“真烦人！”

还没有开始共事，千太郎就已经不胜其烦了。

又该怎么向老板娘说呢？

老板去世之后，老板娘也落下了一身的病，每次来店里查账的时候，都绷着一张脸。她嫌糖分高，铜锣烧也不吃了，原本就有些神经质，对卫生尤其挑剔，好几次因为打扫卫生的方法训斥过千太郎。

千太郎曾雇过一个男学生，虽然就一次，却被老板娘一直冷嘲热讽地说他擅作主张。那次，这个男学生躲在店里抽烟，好巧不巧地被发现了，老板娘马上打电话来向千太郎兴师问罪：“他把店里搞得臭烘烘的，还怎么做生意啊？”发了好大一通脾气，末了还特意叮嘱了一句，“下次雇人的时候，我也要到场。”

吉井德江的事，先瞒着吧。

千太郎辗转反侧，终于拿定了主意。反正现在也不知道她那双不灵活的手，是不是真的能干活。

他对着天花板，咂了咂嘴，又想起了总是赖在店里的那群女中学生。

她们成群结队而来，一直占着只有五把椅子的吧台席，叽叽喳喳地吵个不停，而且每次都吃得一地狼藉。

就在前几天，她们中有人还抱怨，说铜锣烧的皮里混进了樱花花瓣。来店里的客人大多是打包带走，所以铜锣春的玻璃门总是敞开着。到了樱花开放时节，花瓣就会从门里飘进来，偶尔落到正在烤制的外皮里。

于是，千太郎马上道歉，并重新做了一个铜锣烧给对方。这下好了，她们炸开了锅，纷纷说自己的铜锣烧里也混进了花瓣，其实就是在作弄人。其中有一个甚至掏出手机，开始呼朋唤友：“快来，铜锣烧随便吃！”

那群中学生看到阿婆的手指，会做出怎样的反应呢？

不，在那之前，阿婆会如何看待这些孩子的野蛮行为呢？

真是麻烦啊。千太郎越想心越乱，翻来覆去地睡不着。

“说什么混进了花瓣，根本是找碴！”

他狠狠地拍了一下被子，然后一次又一次地把手伸向闹钟。

六

第二天早上，千太郎迟到了一小会儿。他到的时候，吉井德江已经站在樱花树下了。千太郎赶紧道歉。

德江指着头顶上的树梢，说：“结出小樱桃了。”

“这么早就有公交车了？”

“没事儿，你不用在意。”

德江对着店的后门，含含糊糊地说了一句。这么看来，应该还没有公交车。

两人进了厨房，看到昨晚泡在水里的红豆已经发满了一盆。每粒红豆都亮晶晶的，散发出光芒，惹得料理台附近焕然一新。千太郎觉得，这些红豆看着不像食材，倒更像一群生物。德江把脸凑近盆子检查了一番，说道："很好。"

北海道带广地区和京都丹波地区产的红豆质量最好，但是从成本来说，铜锣春用不起。德江提出可以尝试其他不是那么有名的，千太郎起先觉得麻烦，最后还是委托一家公司送来了加拿大产的红豆。

制作一次豆沙，需要红豆大约两千克。红豆浸泡一晚之后，其重量可以增加一倍有余，达到四千克多。泡发后把红豆煮熟，然后按照 10：7 的量加入白砂糖，再加水慢慢熬制。这样一来，豆沙的总重量差不多可以达到七千克。

大概估量，平均每个铜锣烧使用二十克豆沙，则每次做出来的豆沙可以做三百三十到三百四十个铜锣烧。以前批发来的豆沙，一天五千克都用不完，千太郎觉得这差不多七千克的量肯定得用几天。

"用开水焯之前……"德江一边自言自语，一边开始聚精会神地看着每一粒红豆，"店长，浸泡前你看过了吗？"

"看什么？"

"红豆呀。"

千太郎摇了摇头。

“有些红豆不适合。”

德江用弯曲的手指掬起一把红豆，然后挑出几颗摊在手掌上给千太郎看。有的红豆表皮又瘪又硬，有的已经裂开了。

“国外的红豆可能没做好分级，所以店长，你要认真点儿。”

德江对待红豆的这种态度，是千太郎不曾见过的。她把脸凑近红豆，凑得很近，仿佛在给每一颗红豆施法术。

把红豆放到炉子上后，德江依然保持着那个姿势。在日式点心店里，人们把专门用来煮红豆的锅称为铜锅。千太郎曾经也试着做过几次豆沙，每次都是把铜锅直接放在炉子上加热，直到红豆煮软。而德江不一样，她的做法完全不同。

在水快沸腾的时候，加入凉水，反复几次后将红豆倒入篓子，把煮过的热水倒掉。然后把红豆倒回铜锅，加入温水。德江说这道工序叫作去涩，可以洗掉红豆的苦味和涩味。为了保证每一粒红豆形状完整，要一边用木铲轻轻翻动，一边用文火慢慢熬煮。在整个过程中，德江的脸都凑得很近，一直埋在水蒸气里。

她在看什么？红豆会发生什么变化？千太郎也上前一步，看着笼罩在蒸汽中的红豆，然而他没看出什么有意义的变化。

拿着木铲的不灵活的手，出神观察红豆的德江。千太郎偷偷看着她的侧脸，在心里琢磨：与她共事，她会要求自己和她一样充满热情的吧？一想到这一点，就心烦。

然而，千太郎也不清楚为什么自己也情不自禁地开始盯着红豆看。红豆在热水中翻滚，每一粒都保持着完好的形状。

汤汁没剩多少，德江把火关掉，拿了一块砧板盖上。她说这是焖煮——尽是一些千太郎不知道的工序。

千太郎脱口而出："真复杂啊！"

德江接着说道："总要招待好人家。"

"招待客人？"

"不，是招待红豆。"

"红豆？"

"这些红豆都是好不容易来的，从加拿大来的。"

没过多久，德江移开砧板，牢牢地盯着红豆，然后往铜锅里加水。这道工序叫漂净，要反复地把红豆泡进水里，用指尖轻抚，直到水变清。德江的脸一直凑近红豆，千太郎觉得她好像是在沙里淘金。

"咱们店里，从来没有人这么认真地做过。"

"敷衍了事的话，前面的努力就都白费了。"

千太郎只能抱着胳膊在一旁看着。

"可我一直搞不明白，你能看见什么？"

“嗯?”

“你的脸凑得那么近，在看红豆的什么呢?”

“我只是在做力所能及的事情。”

“力所能及的事情?”

“店长，快，把锅端起来。”

千太郎和德江换了个位置，双手端起锅，把红豆倒进放在水池中的篓子里。沥干水后，煮好的红豆现出了姿容。

“哇，真漂亮!”

千太郎探出身子看，不得不承认自己与德江在手艺上存在的差距。红豆虽然煮了这么久，但粒粒饱满，光滑无褶。以往千太郎做的时候，红豆大多会从中间破裂，里面的淀粉质都流失了。形成鲜明对比的，是眼前煮得透亮的红豆，整整齐齐，每一粒都散发着光芒。

“真没想到做好之后是这样的。”

千太郎看呆了。德江缩了缩肩，笑了。

“做好之后？店长，你真的做过豆沙吗?”

“我想做的……”

“那就要好好学了。”

接下来是千太郎的活了。首先是制作糖浆，用来给豆沙增加甜味。往腾空了的铜锅里注入两升水，烧开后溶进五斤白砂糖。

德江马上来到旁边，一一讲解关键之处：即使没了白砂糖的踪影，也要一直慢慢地搅拌糖浆，不能使其过度沸腾；把焯好的红豆倒进去时，一定要小心，要轻柔；任何时候，都要尽可能地注意火候……

千太郎费尽九牛二虎之力做完这些后，终于要进入下一道工序了——将红豆与糖浆熬到一起。

“这一步很关键，弄不好一下子就糊了。铲尖不要离锅底。”

德江向千太郎传授了一招从没有听说过的诀窍，他一边翻动，一边往铜锅里放了一点盐。

“千万不能糊，糊了就完蛋了。”

“把铲子立起来。”

“动作要快！”

“别这么毛手毛脚的！”

从铲子的拿法到角度，德江不停地发出详细的指令。千太郎从额头到脖子大汗淋漓，这绝不只是因为站在了锅炉前。

但是，她确实说得很在理。

千太郎之前做豆沙的时候，总是在这个环节栽跟头。含糖的东西，特别容易烧糊。为了避免烧糊，就要用文火慢熬，可熬的时间越长，豆沙的质感就越差。要做出色香味俱全的豆沙，就要用适当的火候去除水分，同时还得在适当的时机用木铲翻搅，这样才不会糊。

千太郎一边用厨师服的袖子擦汗，一边挥舞着木铲。没想到，德江在一个意外的节点喊道：“好了，可以关火了。”

“还黏黏糊糊的呢。”

“这样就可以了，恰到好处。”

“不行吧，这样……”

铜锅里的东西，作为豆沙来说太稀软了一些。千太郎虽然不擅长做豆沙，但毕竟做了这么久的铜锣烧，他知道这么稀软的豆沙用外皮夹住之后，是会流出来的。

没办法。关好火，千太郎继续用木铲翻动，结果发现锅里的东西渐渐地有了粗粒豆沙的质感。这时，德江往砧板上铺了一块振巾。

“就这样再等一会儿——这个工序叫蜜渍。然后，用铲子铲出来摆在这块振巾上。”

“把什么东西摆好？”

“店长正在做的豆沙呀。”德江从慌张无措的千太郎手中拿过木铲，“你休息一会儿吧。”

七

在蜜渍过程中，德江让千太郎把刚才的那些工序记在笔记本上。

“我都看会了。”

“那你从头讲一讲。”

无奈，千太郎只能打开笔记本。

“店长，你真有自信。”

“哪里哪里。”

“因为相信自己，所以才不做笔记的，对吧？不过做点心，细节决定成败，不写下来怎么学得会呢？”

“哦。”

千太郎缩着脖子，德江从红豆的发泡开始，又教了一遍。

“你是在哪儿学的？”

“哪会特地去学啊，时间长了就会了。”

“是哦，你都做了五十年了。”

“咱们店里，很多客人都是像我这样的老年人吧？”

千太郎摇了摇头：“有很多女中学生，叽叽喳喳，你会烦的。”

“哦，那些孩子们啊？”德江的脸突然红了起来，“叽叽喳喳的孩子们，年轻真好啊。”

“她们是客人，所以只好忍了。”

“我，可以见她们吧？”

不能……拒绝的话都到了嘴边，愣是没有说出口。不过，让德江做完豆沙之后就回去，这个决定是不能改变的，绝不能让步。千太郎在心里暗下决心。

德江看着铜锅，用木铲翻动蜜渍后的红豆。

“正好。”

她用木铲铲起豆沙，直接放在了振巾上。

“这样做是为什么？”

“红豆还在出水，这样做可以把水分吸走。等后面冷却下来，就成了上好的豆沙了。”

随着木铲的翻动，豆沙里冒出一缕缕热气。晾在振巾上的豆沙表面光滑，色泽鲜亮，醇厚圆润的芳香充满了厨房。

“接下来，就看店长做的外皮跟它合不合了。”

千太郎用铜锣勺将面糊滴到加热过的铁板上。

制作面糊是上任厨师唯一正儿八经教过的一道工序：将鸡蛋、上白糖、低筋面粉三种材料，以克为单位等量混合在一起，然后加入适量小苏打或甜料酒，再根据实际情况加一些水调节黏稠度。这个做法叫“三等分”，一年到头都适用，简单明了，通俗易懂。一旦习惯了，任何人都能做。

问题在于烤制的过程。与今川烧等有模型的烤台不同，铜锣烧使用的是叫作平锅的铁板。如何能节奏均匀地在铁板上烤出大小、薄厚一致的外皮，这需要一定功力。老手做起来似乎很容易，但对新手来说，是相当难的。水分调节稍有差池，烤出来的大小就会不一，形状还不一定是圆的；如果翻面的时机不对，表皮马上就会烤糊了。

这一天可能是因为第一次掌握了豆沙的正确做法，心里高兴，又或者是因为德江一直跟在身边，不由生出了紧张感，千太郎做的外皮非常好，每一个都圆圆的。对他来说，这实属难得。

离开店还有十五分钟。清晨六点过后开始的，到现在用了近四个半小时。千太郎和德江伸伸腰，揉揉胳膊，坐到了厨房的圆凳上。

余温犹存的豆沙，用刚烤好的松软外皮夹住。这一瞬间，确实能令人心情舒展。

千太郎谢过德江，拿起一个往嘴里塞去，顿时感到香气扑鼻，直透心扉。这是与批发来的豆沙截然不同的，属于红豆的芳香。这一缕芳香在舌尖上下跳跃，带出丰厚的层次，最后在嘴里留下清香甘甜的回味。

千太郎对着德江笑了笑，又咬了一口。他真的震惊了，摸着自己的脸颊说："果然不一样啊。"

"店长，怎么样？"

"我第一次吃到这样的豆沙。"

"是吗？"

"终于碰到可以吃下去的豆沙了。"

"嗯？"

德江把目光移到千太郎吃了一半的铜锣烧上，上面还清晰地留着一圈牙印，被他握在了手里。

"店长，你刚才说什么？"

德江也只吃了一半，就停下来。

"呃，吉井。"

"你说。"

德江把铜锣烧放回盘子里。

"实际上，我很少能把一整个铜锣烧吃完。"

"嗯？"

德江惊讶地闭不上嘴。

"为什么？你吃不了吗？"

千太郎赶紧摆摆手：“不，吃还是吃的，不过我不喜欢甜食。”

“啊……”

“不过，我知道吉井你做的豆沙非常了不起。上次吃的时候，也是这么想的……总之，这么好吃的豆沙，我是头一次吃到。”

“店长，你讨厌甜的东西吗？”

德江还是盯着千太郎。

“谈不上讨厌，只是一整个，有点儿吃不消。”

“为什么啊？店长！”千太郎的声音越来越小，德江的嗓门却越来越大，“那你还在铜锣春做店长？”

“唔，怎么说呢？”

德江瞪大了眼睛，一脸难以置信。

“也不知为什么，我就干起了这份工作。”

“不知道为什么……”

“一言难尽啊！”

千太郎拿起没吃完的铜锣烧，又咬了一口：“不过，这个……”

“什么？店长，你真是一个说话不爽快的人。”

“我刚意识到，你做的豆沙太好，外皮反而成了搭头，两者不相配。”

德江扭过脖子，伸手去够剩下的铜锣烧，塞进了嘴里。

“你这么一说……”

“是吧，豆沙做得太好了，大家只能感受到豆沙的存在，都没必要用外皮夹住了。外皮成了多余的。”

心里有另外一个声音在叫喊：别再给自己增加工作了！但是，千太郎的嘴已经自己动了起来。

“如果外皮再好一点儿，就好了。”

“再想想办法？”

“好。不管怎么说，这么好的豆沙，还是咱们店开张以来第一次呢。”

“你真会夸人。不过，我还是有些失望，你一个吃不惯甜品的人却管着这家铜锣烧店。”

“我说了不是这个意思，你瞧，我全部吃完了。很久没吃到这么好吃的东西了。”

千太郎拍拍手，抖掉手上的粉末，显示自己已经吃干净了。

“总觉得有点窝心。”

“我好这一口。”

千太郎做出端酒杯的姿势。

德江皱了皱鼻子："那你应该去开酒馆的。"

千太郎没有作答，站起身打开了百叶窗。

八

铜锣春的豆沙变了样。

千太郎琢磨着要不要把这件事写出来，贴在店门口，可又觉得这样一来，别人会问"那以前的豆沙是怎么回事呢"。最终，他决定还是不告诉客人。

只是，从换了豆沙的那天开始，变化显而易见。

那群总是叽叽喳喳的中学生莫名地安静了下来，盯着千太郎的脸说："变好吃了。"

千太郎含含糊糊地搪塞，说换了好红豆，绝口不提德江的事。

打包带走的客人也察觉出不同，问："是换批发商了吗？"

德江再来的时候，千太郎把这些情况告诉了她。她只是笑着说了一句好，没有一句自夸的话。

"不过营业额还是没变。真觉得好的话，他们就应该多买几个才是。"

"人家能来，就应该感激了。"

“这么好吃的豆沙可不多见。”

“世事总难尽如人意啊。”

“话是这么说。”

千太郎手里握着木铲，德江依旧站在旁边，聚精会神地看着钵子里的红豆。

德江煮的豆沙从来没有失过手。

千太郎觉得，是她在制作过程中的姿势保证了豆沙的质量。她爱惜红豆，每一道工序都一丝不苟，根本就忘了自己手指的不灵活。而且，她总是把脸凑得很近。

德江想再试一试其他的红豆，于是千太郎又找商家弄来了中国山东和美国产的。不管哪种红豆，出来的效果都很好，它们在她的手下散发出独特的浓郁的香气，以及有个性的光泽。德江说这很有趣。

每换一种红豆，操作就会相应地复杂一些。千太郎下意识地嫌麻烦，可一旦煮起来，还是会全神贯注。他甚至还想，不同的红豆能做出不同风味的豆沙，那干脆根据红豆的产地做不同品种的铜锣烧好了，又或者，做羊羹、金鳄饼那种只要豆沙好就能卖得好的点心。那样可能会更赚钱吧？

——以上仅限于想象，不能再多干了。千太郎还没有习惯按照这种方法做豆沙，每天强打起精神埋头做着，这日子其实不好过。身体的疲劳自不待言，不知为何生出的焦躁更令他不安：总觉得哪里不对劲。

千太郎开始觉得，尽全力做好豆沙，或许前面真会别有洞天。这种感觉非常新鲜，也非常危险。暂且不论他是否能重新回到勤奋创作的日子，起码也要告别现在这种一直站在铁板前面的生活，这一想法以前没变过，以后也不会变。

也许是这种心理在作怪，也许是他根本不适合，德江不来的日子里，千太郎自己也试着做过豆沙，做出来的质感忽好忽坏，极不稳定。这一次刚以为强了些，下一次又烧糊了；上一次红豆处理过头，豆沙变得黏糊糊，下一次水分烧光了，豆沙变得干巴巴。总是不能令人满意啊。

虽说如此，毕竟不能再用批发来的桶装豆沙，等德江做的豆沙快用完的时候，千太郎只好掺进自己做的。他让德江尝一下掺杂后的豆沙，就像等着从老师那里拿回自己试卷的小学生一样，非常紧张。

德江挺直腰板，用汤匙将豆沙送入口中，慢慢含住。她凝视着半空，转了一下眼珠说道："有点儿串味。"随后又不置可否地加了一句，"不过，别有一番风味。"

明明在制作的过程中，细致到令人难以理解的地步，到了出结果的时候，她却呈现出完全相反的态度，甚至有些享受参差不齐的成品品质。

“我还以为要重做呢。”

“至少比批发来的好吃啊。”

“你这么说，真出乎我的意料。”

“因为红豆们都尽全力了。”

制作豆沙的过程中花费了太多精力，一旦松了一口气，德江对问题的看法及言语都变得乐观。于千太郎来说，这是一件既令人庆幸，又颇为棘手的事情。

按照之前约定的，德江做完豆沙后就可以离开，然而不管千太郎怎么强调她不用出来招呼客人，开店后她都会在厨房里再待上一两个小时。

她说她太虚弱了。这也情有可原，年纪不饶人，而且她行动又不方便。一来二去的，德江就开始久久地坐在厨房里的凳子上不走了，一会儿说累，一会儿又说腰疼，神情恍惚地张着嘴。那个时候，她似乎连喝口水的力气都没有了，只把围裙团在膝上一个劲儿地发呆。她的耳朵比平时更背，当商业街上的广播响起时，抬头看着千太郎问：“广播里说什么来着？”看到这个样子，千太郎怎么也说不出要赶她回去的话。就这样，客人们来了。这下糟了，他想。

德江摆出一副藏在架子后的架势，却完全没有要回去的意思。如果看到抱着婴儿的客人站在玻璃门前，她还会露出半边脸，摇晃着身体说："真可爱！"如果来了一群孩子，她会用千太郎听得见的声音说："店长，给他们打个折吧。"

这种时候，千太郎便情不自禁，提高了嗓门吼道："你差不多该回去了！"

于是，德江打开后门悄悄地走了。

气温越来越高，一个盛夏的下午。

千太郎把手放在冰箱门上，轻轻地叹了口气。

虽然不至于门庭若市，但是客人确实接踵而来。早上熬制的豆沙快用完了，千太郎想把备用的拿出来，却发现冰箱里没有豆沙了。不重新做的话，就无法接待客人。看看天色，太阳还高悬在天上呢。

千太郎向几个客人道过歉后，在玻璃门上挂上"售罄"的木牌。这是上任厨师爱面子买回来的，一直与一堆杂物一起堆在架子上，在他的记忆中，从来没有挂出来过。

难道是豆沙准备得少了？千太郎十分诧异，拿出那张记着用料数量的纸重新看了看，发现与平常并没有区别。再看铁板旁边的垃圾桶里，鸡蛋壳都快装不下了。

千太郎赶紧检查了一下营业额。卖出去差不多三百个，创纪录了！

他关掉百叶窗，步入夕阳初上的商业街。虽然身体疲惫，却心潮澎湃，于是径直走进面馆，一个人喝了起来。

这份工作，并不是他心甘情愿的，他只想早日得到自由。然而此刻，心头涌上了跨过一道难关后的成就感。千太郎不知所措，他想小声地欢呼，又觉得事情似乎越来越麻烦了。他失去了方向。

今后该何去何从？

这个问题，现在必须给出答案。

千太郎一边倒酒，一边琢磨着。豆沙用完后，是像今天一样干脆地挂出售罄的牌子，还是趁此机会把营业时间延长到晚上呢？

这两种做法，各有利弊。

营业额上去的话，自己的收入也会随之增加，就可以多还很多钱。另一方面，自己又确实被这个工作折磨得苦不堪言，如果后面要比现在更忙，绝对受不了。每一天，只是做铜锣烧。每一天，只是前一天的重复。

不过……

每天从早干到晚的话，那么从铁板前这个牢房解放的日子肯定会提前很多。索性就把攒钱作为首要目标，拼命干一场？神正是为了帮自己达成这个目标，才把德江派来的。她拿着那点微不足道的工钱，却做出如此上乘的豆沙，这不是上天给的机会又是什么呢？

难道真是机会来了？他醉醺醺地盘算着今后的具体做法。

这条商业街虽然冷清，也还是有客流高峰的，那就是下班回家的人流和购物的人流会合在一起的傍晚时分。市中心的那些点心店都是白天做准备，从傍晚一直营业到深夜。有很多白领女性在喝完晚上的一杯酒后，还想吃点甜食呢。这么看来，太阳还没下山就打烊实在是愚钝，起码可以开到晚上八九点钟。为了吸引更多新的客人，今后绝对不能在下班高峰前关掉百叶窗。

但是这样，每天势必要多做些豆沙，谁来做呢？

千太郎迎来了当头一棒。

让一个动不动就得坐下的七十六岁老人再多干一些，这是不可能的。

九

能再多做一些豆沙吗？

千太郎提出这个问题，是在挂了售罄牌几天之后。

德江既没有大吃一惊，也没有探其究竟，只是默默地看着千太郎。过了一会儿，她缓缓地笑了：“太好了，店长。”

“多亏你，客人越来越多了。”

“所以要多做豆沙吗？”

“嗯，这几天就得多做起来了。”

“我会尽我之力。”

德江没有表露出丝毫不情愿的样子，爽快地答应了。两个人商量过后，决定今后每次做十公斤左右的豆沙。

“越来越忙了。”

“这可是好事呢。”

“你身体怎么样，受得了吗？”

“体力活不是店长你干吗？”

“啊，也是。”

“那今天就开始吧。”

德江晃了晃身体，像那天看到抱着婴儿的母亲站在玻璃门前时一样。

千太郎第一次知道忙碌的真正含义。生意好的日子里，他连伸个腰的时间都没有，不停地烤制外皮。在这间隙，除了接待客人，还要一边抹豆沙，一边处理结账。

尽管如此，千太郎还是像以往一样从不休息，也没有增加德江的兼职时间。他就像粘在了铁板上一样，从清早忙到晚上。

日子就这样一天天地流逝，营业额有升有降，总体而言，保持在一个比较理想的水平。

不久，到了阴雨绵绵的时节。雨点打在店门前的樱花树上，带着水珠的树叶闪烁出深绿色的光芒。对树木而言，雨水贵如油，可是对不使用防腐剂现做现卖的点心店而言，这是一个令人头疼的季节。

高温和潮湿，是豆沙的天敌。糖分含量高的豆沙，例如糯米豆沙饼用的豆沙可以长期保存，但是铜锣烧和豆沙包使用的豆沙不行，有时候半天就变质了。

千太郎在烤制外皮上也费了很多心思。一旦做多不能及时用完，外皮就会吸潮发黏，不能再用。为了避免这种情况，他只好预估客人的数量，小批量小批量地烤制。梅雨时节，真是事事都不省心。

不过多亏了德江做的豆沙，铜锣春现在形势大好。客人们撑着雨伞，也愿意在玻璃门前排队等候。往年这个时候，店里几乎都是处于半停业状态，今年却每天都忙得不可开交。

千太郎站在铁板前感觉整个人发晕，就是从这个时候开始的。

忙热交加。

玻璃门敞开着，吹进这个季节特有的湿热。千太郎一直待在滚烫的铁板前，店里的冷气根本不顶用，汗水很快湿透了厨师服。他一边烤外皮，一边不停地喝水。食欲自然减退了不少，连便利店里卖的三明治都咽不下去。即便如此，他还是像着了魔似的干着，一天都不曾休息。

那天下着雨，铜锣烧又不够卖。千太郎挂出售罄的木牌后，忽然觉得身体前所未有地沉重。他回到家，先倒在厨房躺了好一阵子。后来缓过来一些，又喝了好几杯威士忌，才上床去睡了。

第二天早上。

铜锣春的厨房里，千太郎弯着腰坐在凳子上。铜锅里装着他自己做的豆沙，蜜渍过程差不多已经完成，只要用木铲盛出来，和德江做的豆沙搅拌到一起就可以了。

步骤都知道，千太郎却什么也做不了。身体无法动弹。他吹着冷气，全身僵硬，连动一动手指头都非常困难。

这一天，千太郎没有开店。

他一直坐着，似乎睡着了，睁开眼睛的时候，看到手表指针已经指向近午。身体终于能动了。然而，无论如何也不想去打开百叶窗。他轻轻地吐出几口气，把豆沙包起来，想放进冰箱里，结果又坐回到了凳子上。

脱下厨师服，千太郎离开了店里。

早晨还是阴沉沉的，这会儿地面上却反射着强烈的太阳光。骄阳似火，他躲进了樱花树的树荫里。

提前出来的夏蝉一直吵闹个不休。

千太郎抱住粗糙的树干，好不容易站定。他难受得大汗淋漓，只能将身体全部托付给樱花树，望着树叶在风里摇曳。树梢浓绿。现在，他的眼里只能看到这个。

树叶的重影中，似乎闪现出母亲的脸庞。千太郎被关在里面的时候，母亲来探过几次监。隔着树脂板，她一下子衰老了许多，总是一言不发。

突然，泪意涌了上来。千太郎担心自己控制不住，慌忙避开人来人往的商业街来到了铁路沿线的马路上。无路可走。他看见好几辆电车疾驰而去，突然生出一股恐惧的心理，又调转脚步朝住宅小区的方向挪去。

晴空万里，阳光灿烂。风景越是美，千太郎越是觉得自己寒碜，虚度的光阴似乎牢牢缠住了手脚。千太郎觉得自己是个人渣，是个废物。他走过一条又一条的巷子，听到半空中有人在耳边轻声说——去死。

终于回到了家。他根本记不清自己到底怎么走回来的，总之在四处徘徊了很久。一到家，他就倒在了没有叠的被子上。

似乎有一腔血堵在心中，散发出迟钝的热气。

去死。

死了多好啊。

他仿佛被吸进那个声音的旋涡，像溺水者一样不停地急促呼吸。他做了一个梦，梦里大汗淋漓，喘息着在一个看不清轮廓的地方挣扎。

十

电话铃声响起。

千太郎抬起头，看到窗帘外面已经一片明亮。看看表，发现已经过了八点。为什么会有人打电话追着他？说起来，房间为什么这么亮？电话铃响个不停，他只好爬到厨房接了起来。

“店长，你怎么了？”

是德江的声音。

千太郎敷衍了一句，没想到德江又问了一遍：“你怎么了？”

“唔……”

“你没事儿吧？”

晕晕乎乎的脑袋里，浮现出铁路旁的风景以及樱花树的触感。

“我……”

为以防万一，千太郎给德江配了一把钥匙，也许她已经自己打开店门动手忙了起来。

“你是睡过头了，还是哪里不舒服？”

“对不起。”

千太郎本想说自己这就去，话却堵在了喉咙里没有说出来。

“我有点儿不舒服。”

“哪儿不舒服？”

“可能是累过头了吧。”

“你没事儿吧？”

“我今天就不去上班了。”

德江沉默了一会儿，说：“你一直在忙，是应该休息休息。”

“对不起。”

“我已经把红豆煮上了，做完后就回去。”

“添麻烦了，你一个人行吗？”

“没问题，要不你再休息个两三天？”

真要这么休息的话，不知道自己会做出什么事呢。千太郎有这样的预感，于是打断了德江的话。

“我明天就去上班。今天的准备工作做完后，你就回去吧。”

“好的，那……”

德江屏住了呼息，好像想说什么，又不知道该不该说。

“对不起，那就拜托了。”

千太郎挂断了电话。

第二天早上，千太郎比平常提早了一些出门。他走到店门口的时候，发现铜锣春的百叶窗已经打开了一半，飘出一股香甜的味道。

“吉井。”

“啊，店长！”

“你怎么这么早就来了？”

“我想替你把豆沙做好。”

“我说……咦？”

德江今天不用来的，却已经一个人忙开了。千太郎有些丈二和尚摸不着头脑，只好低头道了声歉。

“店长，你的身体怎么样了？”

德江一边注意铜锅里煮着的红豆，一边笑着看向千太郎。

“应该没问题了。”

“你不休息是不行的。”

“嗯，我会注意的。”

千太郎说着道歉的话，套上了厨师服。刚准备扣扣子，手突然停住了。

昨天在电话里，德江说她已经开始做豆沙，意味着今天要用的豆沙应该已经做好了。那么，为什么她今天又在做豆沙呢？

“吉井，你昨天做了豆沙吧，那些呢？”

“哦，昨天的……”

德江从铜锅上挪开视线，却没有马上看千太郎。她默默地深呼吸了一下，转过身来。

“那个，我一开始也不知道该怎么办。做好豆沙后，在这儿休息了一会儿，然后客人就来了。”

“啊？”

“客人来了，所以昨天……没有办法，我就开了一天店。”

“什么？”千太郎伸长了脖子，“你开了一天？那，百叶窗是怎么弄的？”

“我不能把百叶窗全打开，所以就像现在这样，只开下面的一半，结果就听到有客人来问了。”

“我们不是说好的吗？你做完豆沙就回去。”

千太郎感觉到自己的腋下开始冒汗了。

“外皮呢？”

“哦，我烤的。”

“你烤的？你会烤吗？”

“还凑合。对不起，店长。”

“你现在跟我说对不起……”

德江放下木铲，指了指吧台。

“那个，我不会记账。卖了多少个，都写在那里了。”

“你这自作主张的……”

德江记的表格非常简单，她用一笔一画都在翩翩起舞的独特字体记下了营业额和利润，卖得相当不错。

“这都是你自己做的？”

“忙死我了，客人一个接一个的。”

“真是你一个人做的？”

“是的，我一个人。不过，百叶窗是和第一个客人一起打开的，关的时候请最后一个客人帮了忙。”

她是如何打理的？烤的外皮怎么样？那弯曲的手指收银了吗？客人又会怎么想？

千太郎只想当场坐下来，德江不停地道歉。

“你吓我一跳，至少应该跟我说一声的。”

“说了你一定不会答应的吧，店长？”

她的这种做法明显坏了规矩，但是千太郎知道自己没有资格教训她。德江拽紧木铲，像一个被罚站的孩子一样，浑身僵硬。

“你一个人卖出去这么多……累了吧？”

“嗯，累死了。”

“然后，你今天一大早又来了。”

“嗯，一大早就来了。”

千太郎不知道应该采取怎样的态度，不由拍了一下自己的脸。德江吓了一跳，千太郎不理会她，自顾自地拿起了计量器。

“店长……”

“算了，不说了。今天要用多少红豆？”

“干红豆两公斤。”

千太郎心算了一下，然后把做糖浆用的白砂糖放到了计量器上。

“店长……”

“嗯？”

“你怎么了，准备鼓足干劲干一场？”

“不是的。”

为什么拍自己的脸？千太郎也想不明白。

这一天，德江一直都兴致勃勃的。她用木铲翻动着红豆，不停地和千太郎搭话。

“店长，你老家哪的？”

“高崎。”

“出来后一直在东京吗？”

“没，到处走。”

“真羡慕你啊。”

她的语尾拖得长长的。

“不是你想的那样，我只是，漂来漂去。”

“是吗？你去过哪些地方？”

“也就关东这一带。”

“那也好啊。我……小时候住在爱知。”

“爱知？”

“嗯，要从丰桥坐饭田线过来，是真正的农村。”

德江竟然把目光从红豆上移开，看着千太郎，这在平时是不可能的。

“不过，我老家的樱花很漂亮。”

“那个地方叫什么名字？”

“唔……”

德江停顿了一会儿。

“有一个山崖，山崖下有一条小河流过。山崖到小河之间种满了樱花，那里的樱花是最美的，我从没见过比它更美的了。”

不知为何，她没有说出那个地方的名字。

“你经常回去吗？”

“不，几十年都没有回去过了。”

她摇了摇头，把目光移回红豆上。

“店长，你喜欢吃什么？高崎有什么好吃的？”

“有什么呢？大概就是达摩便当吧，一种车站便当。”

千太郎往熬制糖浆的深底锅里加水，不由得笑了。这些问题像是考小学生的，却令现在的他由衷感到高兴，内心某处生出了感激。

“达摩便当有红色的，也有白色的，可能里面的东西不同吧。”

“车站便当好啊，一边旅游一边吃。”

“吉井，你喜欢吃什么？爱知的话，酱炖菜？棋子面？”

“我小时候，还没有这些东西呢。”

德江摆了摆手。

“我的老家是真正的农村。在我们那个地方，把樱花瓣腌起来，再用开水泡开喝下去。”

“啊？听起来都不像日本人干的事情。”

“那个时候的日本和现在的日本，完全不同。”

千太郎把深底锅放到火上，点了点头。

“世道在变啊，一切都在变。”

“你指的什么？”

德江挺起腰来，把千太郎从头到脚又打量了一番。

“不是你想的那样，我……”

“嗯？”

“我……我欠了债，欠这家店。”

“啊。”

“怎么说呢？我有段时间像匹脱缰的野马。”

“很大一笔钱吗？店长，你不是被骗了吧？”

“不是。上一任老板替我解决了钱的问题，所以我就留在了这里。啊，铜锅，你看好了。”

经千太郎提醒，德江赶紧看了看锅里。

“你为什么借那笔钱？”

“说起来惭愧，我走过一段弯路，糊里糊涂地就混成了这个样子。我本来想当一名作家呢，可事实上，无论做什么都一事无成。最近我连字都懒得写一个，我终于明白，自己不过是懒虫一个。连做铜锣烧，也不专业。”

“可你不是一直拼命干着吗？”

“嗯。”

德江关了铜锅的火，没有继续下一道的漂净工序，只是盯着煮熟了的红豆。然后，她转过身来对着千太郎。

“一起加油吧，我会帮你的。”

千太郎面前的深底锅沸腾了起来，咕嘟咕嘟。

“你已经帮了我大忙，是上天赏赐的得力战友。不过，命运总是很残酷。”

千太郎去拿装白砂糖的杯子，德江的声调起了变化。

“什么命运？店长，可不要轻易就说命运、命运的。”

“好的。”

“年轻人可不能说什么命运。”

千太郎觉得自己受到了批评，低下头看地板。

“曾经有一段时间，我被关在了某个地方，不能出来。”

话一出口，德江赶紧摇了摇头，开始往铜锅里倒水。她似乎很讨厌自己方才说的那句话。

“对不起，我好像让你为我担心了。”

“我也对不起你。”

德江躲闪着不看千太郎，让他忘记刚才那句话。

十一

日历一页一页地翻过去。

樱花树上寒蝉鸣泣时，天黑得越来越早，风儿吹过，带来几分舒适的凉意。

铜锣春并没有因为炎热而出现淡季，即将顺利挺过夏天这个季节。往年暑假期间，来店里的中学生数量减少，而今年并没有出现这种情况。女学生们几乎每天都来，就坐在吧台前。她们的目标是铜锣烧和冷饮，还有德江——这令千太郎非常吃惊。

上完培优班，她们三三两两地结伴而来，用坐在店后面的德江也能听见的声音吐槽学习很无聊。德江则坐在凳子上，笑着看着她们。

“那就痛快地玩一天呗！”

女生们皱了皱鼻子。

“那父母该让我滚出家门了。”

“那就出去玩呗，不是想玩嘛。”

“你是认真的吗？”

“当然是认真的。”

“哈哈，你们店教中学生学坏。”

德江坐的位置很巧妙，既和她们保持着一定距离，又可以随时抓住搭话的时机。这一点，千太郎看得明明白白。每次听到商业街上传来的笑闹声，德江就会无精打采地退到店后面的凳子上去，可脸上的笑容根本藏不住。

“家里太无聊了，真不想回去！”

正聊着天的时候，一个女孩突然叫了起来。

“那你就想办法让它有聊起来啊。”

德江的话接得非常迅速。

“我该怎么办？”

“来这儿打工吧！”

千太郎马上从铁板前把她顶了回去：“好了，别说了，到此为止。”

这话一半出于真心。虽说对方是中学生，可吃一个铜锣烧要在这里纠缠两个小时，喋喋不休地说个没完，怎么受得了？他早就想让她们回去了。没想到，德江却接过一个又一个的话茬，和她们聊得万分投入。

自从听说德江那天一个人打理门店，千太郎就改变了想法，允许她自由出入。德江的工钱很便宜，只要她在店里，千太郎就给她算工钱。可是，这并不代表她可以逾越和客人之间的界限。

而且，还有一件令他担心的事。

有的客人看到坐在店里面的德江后，大吃一惊。千太郎没有漏过那个变化。就算是坐在吧台席的中学生也一样，有些人看着德江，会突然陷入沉默。他们的眼睛深处，在刹那之间逃窜着某种东西。

这群中学生中，有一个人经常独自来，她的绰号叫“若菜”。她本人没有说过这个绰号的由来，听其他孩子说，是因为有一段时间她的发型与动漫《海螺小姐》里的小裙带菜①特别相似。恰好也是在那段时间，她的父母离了婚，从此“发型

① 译者注：裙带菜在日语里用汉字表记为“若布”。

和性格都变了”。

若菜是一个沉默寡言的女孩，总是一边吃着铜锣烧，一边用水润的眼睛盯着厨房看。千太郎不知道她在看什么，总觉得心里有些在意，也会罕见地与她搭话：“你怎么了？”

她还是不说话，总是不说话。

直到有一天，她主动开了口，倒出一箩筐的话：妈妈干着夜场的工作；生活不宽裕；家里明明只有母女两个人，却不知为什么会冒出男人的内衣……那是德江把变种铜锣烧递给她吃后的事。

德江偶尔会做变种铜锣烧，也不只是给若菜吃。拣几个千太郎没做好的外皮，抹一些豆沙或奶油，待与自己谈得来的中学生来了，就拿出来送给她们吃。

这让千太郎很不高兴，偶尔还会数落几句。德江也不理会，说：“这有什么关系？总比扔了强。”

若菜对变种铜锣烧赞不绝口，德江一高兴，又给抹上了蜂蜜。

那天，她也是吃了一个变种铜锣烧，才开口的。

“那个……吉井，你的手指是怎么回事？”

千太郎回过头去，看到坐在凳子上的德江左手攥住右手，想将自己的手指藏起来。

“我年轻的时候生了一场病，后来手指就伸不直了。”

“什么病？”

千太郎看到德江的表情凝固了。

“一场大病……”

德江只回答了这一句，若菜点点头，也没打算继续追问下去。

一时之间，两个人都没有话。若菜咬了一口剩下的铜锣烧，无言地蠕动着嘴巴。千太郎觉得，只有这个咀嚼的声音在德江与若菜间来来往往。

那天之后，若菜就不来了。

德江经常一边洗东西，一边聊那群中学生的事情。

有个孩子最近终于变得爱笑了，可能是家里的情况好转了吧；有个孩子好像失恋了，我看见大家都在安慰她，时代虽然不同了，但安慰人的话还是一样呢；有个孩子给我看了她最新式的手机，店长肯定都没见过，今后她们天天拿着那种玩意儿，不知道会生出怎样的时代啊……

德江也谈起过若菜，说她最近不来了。

千太郎正在清除铁板上的焦糊，随口回了一句：“她真不懂礼貌。”

“为什么这么说呢?”

“那天她不是突然问起你的手指吗?”

“店长,你不也问过吗?”

“我是为了工作,必须问清楚。”

“唉,这种事情……”

“嗯?”

“我在想怎么才算正确的做法呢?”

千太郎弄不清楚她是什么意思,抬头看过来。

“看见当没看见是成年人的态度,我们是应该这样做呢,还是应该问清楚呢?”

“这是一个难题。”

“若菜一直都很关注,关注我的手指。这个,我知道。她没有恶意,她是想亲近我才问的。”

“是吗?”

“所以,你别用那种口气对她说话了。”

“怎么?倒是我的不对了?”

德江笑了,千太郎也轻松了一些。

“吉井,你可真喜欢孩子啊。我可受不了,一群一群地来。”

“我曾经想去学校当老师的。”

“小学？”

“小学也不错，不过我那时候想当初中的语文老师。我很喜欢学习的，一直想多学点。”

“那时战争刚结束，日本还很贫穷，上不起吧？”

千太郎反射性地想抢在前头，给德江找一个台阶下。

“不光是我家，大家都很穷。”

“你说你想当语文老师？”

千太郎为了圆场，又问了一遍。

“我喜欢诗歌，海涅，北原白秋。我哥房里的诗集，我小时候都读过。”

“嗬，吉井，你原来这么厉害！”

“那个年代，唯一的乐趣就是想象文字后面的世界。我喜欢想象，所以那天听到你说曾想当作家时，还大吃了一惊。”

“都是从前的事了。”

“即使是从前的理想，总还没忘吧？我曾经以为，自己这辈子都不可能有机会与这么可爱的孩子交谈了。现在这样，我很高兴。”

“可爱？就那些丫头？”

“对呀。现在，我觉得自己体会到了当老师的那种快乐，虽然可能只有几十分之一。谢谢你，让我见到了这群孩子。”

“别这么说，是你帮了我的大忙。”

千太郎用刷帚刷着铁板的焦糊，在心里默默祈祷着：若菜，快来吧！

十二

暑假结束，聚集在铜锣春的女孩子们又穿上了校服。太阳落山前还有些闷热，近了傍晚，就凉快多了。樱花树叶沙沙作响，边缘微微变了颜色的叶子一片两片地飘落到店前。

这一天，千太郎打扫完店内的卫生，清除夹在百叶窗沟缝内的树叶。突然，背后有人跟他打招呼。

“老板娘怎么来了？”

“不好意思，这么晚来找你。”

把老板娘带进吧台席坐下，千太郎赶紧开动脑筋思考了起来。他每周都会与老板娘见面，确认收支和转账的相关事宜。有时是在店里，有时是去已经过世的老板的家里，不管怎样，都会事先联系。老板娘每天去医院看病，忙得很，千太郎也是满负荷地工作，不能随时都有时间。因此，两人商量财务上的事情一般都选在没有客人的时候，即闭店之后。

这个不成文的约定给千太郎提供了方便。老板娘来之前会提前一天打电话，所以打扫卫生、准备账簿都有充足的时间，最重要的是可以避免让她看到吉井德江。

那么，今天怎么突然来了？

千太郎有一种不祥的预感。德江刚才还在这里洗东西，要是老板娘再早出现一个小时，就撞上了。

老板娘把拐杖放到吧台上，指着茶杯说："千太郎，能给我倒杯水吗？"

千太郎赶紧把水壶架到炉子上。

"抱歉，这么忙的时候来打扰你。"

"哪里，出什么事了吗？"

老板娘环顾着店内缓缓坐下，突然闭紧嘴巴，脸上现出了不满，直直地盯着千太郎。

"我听说，在这里打工的那个人……"

"啊，她叫吉井。"

"叫吉井？"

躲得过初一，躲不过十五！千太郎躲开老板娘的视线，伸手去够水壶的提手。

"我听一个熟人说，那个人手指不灵活。"

千太郎闭上了眼睛。

"嗯，是有那么一点儿。有什么问题吗？"

“据说，脸也瘫了。”

千太郎扭过脖子。

“虽说这样揣测别人很失礼，不过我的那个熟人说，她可能是癞病。”

“癞病？”

“现在叫麻风病。”

麻风病……千太郎在心里无声地重复了一遍，感觉血液忽地一下从额头退了下去。

“我也很担心。一个小时前我就来了，一直站在马路上看着店里。”

“您怎么搞得那么复杂？直接进来就好了，那样还可以让吉井与您打招呼。”

老板娘虽然点了点头，但是看向千太郎的目光更用力了。

“那样会让千太郎你为难的。你偷偷摸摸的，不就是不想让我见到她吗？”

“欸？您说什么呢？”

水慢慢沸腾，震动透过提手传到了千太郎的手上，然而令人更加心烦意乱的震动来自他的内心。

“我在外面看了很久，虽不能百分之一百地确定，却也觉得她的手确实有点奇怪。”

“也没有那么令人在意的。”

“客人在意呀。这对我们店而言，不是好事。”

“哦……”

“你知道什么，就告诉我。”

“我也不太清楚。总之，全靠吉井做的豆沙，我们店算是焕发新生，今非昔比了。她做了五十年的豆沙了。”不等完全烧开，千太郎就把水壶里的水倒进了小茶壶里，“孩子们也很喜欢她。”

“是吗，那她应该干得不错吧？”

“是的，她很能干。”

“她多大年纪？”

千太郎一边往茶杯里倒水，一边扯出笑容：“七十五岁左右吧，但是精神矍铄。”

老板娘接过茶杯：“那就是跟我差不多年纪。”

啊——突然，她轻声叫了出来。

“怎么了？”

“这个杯子，她也用过吗？”

千太郎没有回答，只是点了点头。

“虽说这个病一般不会传染，但是千太郎，我们是餐饮店，雇用癞病患者，这要是被人知道了……”

“她说手变成那样是年轻时得了一场病留下的后遗症，现在早就治好了。”

“她本人可以那样说。你知道吗？癞病严重的情况下，手指都会掉。”

“吉井她有手指啊。”

“她住在哪里？”

千太郎转过身，用手摁住胸前，想要抑制住心中的激动。登记德江联络方式的记事本放在厨房深处的架子上，他取出来打开给老板娘看。

老板娘瞅了一眼，闭上眼睛。

“又怎么了？”

“这是隔离癞病患者的地方，有一个疗养院。”

明明没有别人，老板娘却压低了声音。千太郎用手撑住料理台，一言不发地看着德江写的字。

难怪！原来是这么一回事。

第一次看见德江写的住址时，千太郎心里也觉得奇怪，只是并不明白到底是为什么。经老板娘这么一提醒，他想起来自己听很多人说过那个镇上有一个疗养院。

“字写得像蚯蚓一样。”

“她说她已经痊愈了。”

“我不清楚现在到底怎么回事，不过搁在从前，得这个病可是要被终生隔离的。我小时候在庙里见过那些人，脸很瘆人，像怪物一样。他们走过的地方，保健所都要消毒的。”

“可老板娘……”千太郎拿过老板娘推回来的茶杯，走到水池边，“我跟您说过几次，这里的生意好不容易兴隆起来，都是多亏了吉井。她一大早就来做准备工作，做豆沙。”

老板娘飞快地扫视了一遍放在炉子上的铜锅以及还泡着红豆的锅。

“这个我也知道。不过既然有人跟我说，难保他不会再跟别人去说。传出去，我们的店就完蛋了。万一因为一个癞病患者，就把这里当传染源的话……”

“到底是谁在嚼舌根？”

“那可不能告诉你。”老板娘停下话头，直直地看着千太郎，“你一直跟她待在一起，感觉身体怎么样？你也有可能被传染的。”

千太郎只能眨巴眨巴眼睛，把脸转向了泡在锅里的红豆。

“总之，她是叫吉井吧？”老板娘像打机关枪似的说个不停，“多给她一些钱，一定要打发走。现在的情况，不是她走，就是我们的店倒闭。”

“那豆沙怎么办？”

“你来做不就行了吗？你和她一起做了一段时间，应该学会怎么做了吧？”

学会了吗？

千太郎没有信心。直到现在，德江对红豆的那种态度都令他佩服，使他惊诧。他和她之间，有着本质上的不同。

“怎么，你自己做不出来吗？”

“不，不是这个问题。”

“那是什么问题？”

“我和吉井两个人，好不容易才把这家店搞活了，现在客人甚至都会排长队来买。还有一些孩子也离不开她，你让我怎么辞退她呢？”

“我这些话也不是随便说的，我也不好受。但是她有病啊，还是那么可怕的病。有些客人都已经发现了。”

老板娘咬定不松口，千太郎不能断然拒绝，只能请她多给一点儿时间。

“明明说好了，招人的时候叫我一起来面试的。”老板娘也有些沮丧，然后指着厨房一角扬了扬下巴，“帮我把那个拿来。”

她说的是厨房消毒用酒精喷雾。千太郎递过去，她立即往自己的手上喷了一些。顿时，微小的酒精粒子在厨房里弥漫开，一直落到了德江泡着的红豆上。

“我明白你的心情，我也不愿意这么说，这么做。可是有句话叫作‘挥泪斩马谡’，我家那口子可是把这家店交给千太郎了的，你是这家店的店长，不能感情用事，要好好干啊。再说了，你还欠着我们的钱呢。”

千太郎不能拒绝也不能应承，只能缓缓地垂下了眼睛。直到老板娘离开店子，他都没有抬起头。

当天晚上，千太郎怎么都睡不着。他一反常态，没有喝酒就钻进了被子，一直望着漆黑的天花板发呆。渐渐地，他发现自己对麻风病一无所知。

越想越在意！反正睡不着，千太郎索性踢开被子，打开了壁灯。壁灯映射着书桌，书桌上的电脑蒙了一层灰。这台老爷机已经很久没人动过了。他用长期闲置的模拟信号传输线连上网，然后在检索网站上敲进“麻风病”几个字。

显示器上跳出各种内容，挤得密密麻麻，千太郎不知该从哪里看起。事实上，他也不想看到那些患者凄惨的影像。然而，不能踌躇了。

千太郎按照顺序，一条一条看下来。这些内容涉及的面非常广，既有对这个病的历史说明和医学解释，也有康复患者如何取得废除《癞病预防法》胜利的经过及其悲欢离合，还有各家报社记录此事的摘要以及卫生与社会保障部的相关网页链接等。

他随意选了几个网站浏览。每条新闻报道中都有很多医学术语，晦涩难懂，他只能跳着找一些浅显的部分看。这样东拼西凑，也了解了一大半自己想了解的事情。

首先，在日本，住在疗养院的那些人都是已经康复的患者，并没有生病中的人。即使有些人复发，通过现代医疗技术很快便可以药到病除，他们并不会成为传染源。这个病的传染力本来就很弱，日本至今都没有医务工作者被感染的例子。只是以前卫生环境恶劣、医疗技术不发达，人们认为这个病是不治之症，所以才会将患者依法隔离。另外，这个病的后遗症之一是肢体末端部分脱落，因此患者即使康复仍容易受到歧视。说起来，这其实是长期得不到治疗才会出现的症状，如果能接受适时适当的治疗，肢体根本不会出现任何变化。

跳着看了一会儿，千太郎关掉电脑。有一些照片看上去触目惊心，在他的心中留下了阴影，然而他觉得至少在德江的问题上，自己轻松了许多。

不会传染！

确实有疗养院，但是已经没有病人，没有带菌者了！

就算像老板娘说的那样，德江曾经得过那个病，但是她现在已经完全没问题了！

德江也说自己是年轻时得的病，现在已经痊愈很多年了！

不用辞退德江！

千太郎坚定地认为。那么，该怎么做？要不要拣几则网上的报道打印出来给老板娘看呢？要不要告诉她，这种病在日本几乎已经绝迹，而且德江几十年前就痊愈了，根本不会传染给别人呢？

这种正面出击的做法能否行得通呢？他没有信心。从医学角度而言，这种病并不可怕，然而德江的手指确实无法复原——人们的眼里只看得到这一点。那么，老板娘想把德江从店里赶走的心情是不可能改变的。

该怎么办？

可以让德江暂时离开店里一阵子，千太郎的脑中突然闪过了这个念头，这或许可行。顾问什么的头衔或许有些夸张，总之先让她辞职，然后在合适的时机再请过来指导做豆沙。这样不仅可以骗过老板娘的眼睛，也可以让自己在这段时间努力学，争取赶上德江做豆沙的水平。

然而想着想着，千太郎便失去了兴致。虽然只是形式上的离去，可是用什么理由告诉德江呢？他想不出来。再说了，自已也是准备离开这里的人，那还有什么必要在这个问题上纠缠不休呢？

千太郎想不出头绪，只是望着漆黑的天花板发呆。

十三

到头来，千太郎也没有做出任何决定。

他既没有想好德江的去留，也没有想好今后铜锣春该怎么办，仍旧只是站在铁板面前。他什么都没有对德江说，态度一如从前。老板娘说的话，在网上查到的关于麻风病的信息，他全部埋在了自己心里。

然而，郁积于心的焦躁令他片刻不得安宁。老板娘迟早还是要再来的，到时候该如何劝说？

真麻烦，干脆自己也一起辞职算了！

千太郎有些自暴自弃，下一瞬间，脑海中又浮现出前老板那张国字脸。

“钱的问题，我替你解决，你来我这儿帮忙吧。”

那时他刚出狱在酒吧打工，从大堂里走出来的前老板向他发出了邀请。

千太郎被抓进去的罪名是毒品犯罪，牵涉到了毒品买卖。

他是初犯，也不是主犯，但确实与黑社会的小喽啰们有瓜葛，而且也拿了不少钱，因此没能获得缓刑。他在大牢里待了整整两年，不管受到怎样的严刑逼供，始终都没供出那几个人的名字。

前老板就是其中一个。他经常闪烁其词地炫耀自己与黑社会的关系，算不得什么英雄，但对千太郎而言，是一个有情有义的男人。

“谢谢你没把我供出来……”

千太郎决定到铜锣春帮忙的那个夜晚，男人不顾两人还走在路上，就开始痛哭流涕。那晚，他们喝到了天亮。

前老板患上肝硬化，是因为常年酗酒。他顶着一张铜锣烧色的脸，站在铁板前不停地烤着铜锣烧。结果，在挑选鞋子时口吐鲜血，当场不治而亡。那双鞋子，是他打算买来入院穿的。静脉瘤破裂。那是千太郎来铜锣春帮忙的第三个年头。

葬礼结束后，老板娘恳求千太郎把铜锣春继续经营下去。她伏在地上哭哭啼啼，说：“我家那口子一直说，如果他有个三长两短，就把店交给你打理。”

出狱后生活一直不稳定，的确是这对夫妻救了自己。那么，钱还没还完就走人确实不应该。千太郎非常明白这一点。

“唉——”

他对着铁板，重重地叹了一口气。捂住了这头，捂不住那头；捂住了那头，又捂不住这头。说到底，自己本就不是什么好人。

到底该怎么办？

千太郎不知道。他烤好外皮，夹进豆沙，挤出一个形式上的微笑，把铜锣烧递给顾客。

他开始夜夜不醉不休，就像死去的前老板那样。

千太郎想不出答案，可时光依旧不断流逝，转眼就到了细雨淅淅沥沥下个不停的季节。马路上湿漉漉的，来来往往的行人撑着伞，穿上了毛衣开衫或夹克衫。店门前的樱花树上，淡黄的树叶纷纷飘落。

变化突如其来，等到发现的时候，已经无法收拾了。

“可能是秋雨的缘故吧。”

千太郎对德江说出这句话的时候，他们俩刚看完账本，满脸愁容。必须要减少红豆的制作量了，不，其实冰箱里还有大量豆沙存货，都不用再做了。

也不知道什么原因，这个星期的铜锣烧卖得不太理想，尤其是这三天，营业额简直一落千丈。

德江透过玻璃门，望着阴沉沉的天空，然后又看着马路。

“天能晴一点就好了。”

“这种天气，大家都提不起精神。”

千太郎之所以这样说，或许是想用这个理由来打消自己心中的不安吧。他也不确定。总之营业额下降得很明显，就像秋天的太阳一下子就落了山一样，一天比一天低。

“等雨停了，还会忙起来的。”

“嗯，太阳出来了的话……”

千太郎心里在想别的事情。回想梅雨季节的盛况，就知道天气什么的根本不是问题。那段时间又热又潮，营业额不降反升，哪怕下雨，客人也会打着伞来排队等候。那到底是怎么一回事呢？照理说，秋风伴雨、凉意袭人的季节才正是铜锣烧旺季的开始啊。

他想到或许是经济不景气这个原因。街上的商铺都关着百叶窗，就在上个星期，苦心支撑多年的鱼店也终于关门了，街上越来越冷清。这光景偏偏又遇上绵绵秋雨，天空每天都是灰蒙蒙的，人人都打不起精神，哪里有心思买东西。

“想一想，我最近也是什么都没买呢。”

德江本是望着外面发呆，隐约听到千太郎似乎说了什么，转过身来看着他。

“吉井，你最近买过东西吗？”

她好像没有听懂千太郎问这句话的意思，反问了一句：“买东西？”

“对，我们总想着没有人来我们店里买东西，却没有想过我们也没有去买别人的东西。”

德江点点头表示同意，却跟着小声嘀咕道：“我不喜欢买东西。”

然后，她转过身背对着千太郎，离开玻璃门去了店后面。

当晚，老板娘又来了，是在德江离开之后。她坐在吧台席上，沉默地看着账本，最后直起腰叹了一口粗气。

“千太郎。”

在厨房里的千太郎也站得直直的。

“我说过，让你趁早把那个人辞退的。”

千太郎直挺挺地站着，点了点头。

“我来这附近几次，明明是自己的店却不进来，是怕伤了你的面子。可是那个人还在，那个叫吉井的人还在这里工作，不是吗？”

“事情不是老板娘您说的那样。吉井已经没事了，她治好了。”

“治好了为什么还住在疗养院？我问你，你为什么一直拖着不处理?”

“不是那样的。”

“你问清楚了吗?”

千太郎吞吞吐吐，不知道该怎么回答。

“怎么回事，你不会还没有问吧?你还没有问清楚她是不是癞病吗?”

“这个……”

“你是怎么回事?!”

尖锐的叫声震颤了整个店里的空气。

“老板娘，您等一下!”

“等什么?我已经等了很久了。”

“吉井过去也许是得过那个病，麻风病，但是她现在已经治好了，和平常人一样了。”

“怎么可能一样?她的手指不是弯的吗?”

“我查过，这个病在日本几乎已经绝迹，疗养院里住的都不是病人。”

“你说什么呢?你又不是医生，凭什么这么说?”

“那您的意思是，让我把一个已经不是病人的人，因为曾经得过的病而辞退掉吗?”

“我们可是餐饮行业啊!人言可畏，客人都避之不及的人，你想把她留下来吗?”老板娘的脸涨得通红,她用手胡乱摸了一把,“我本来不想说的,可是千太郎,你可是靠我们这家店养活的。你走投无路的时候,是谁替你解决了麻烦?你不会以为这是你自己的店吧?如果你不赶她走的话,那我只能请你走了。你听懂了吗?”

“不是的,那个……”

“这家店可是我家那口子开的,我才是所有者。”

“老板娘!”

“我知道,你也不容易。可是,这个营业额怎么拿得出手?为什么会突然大幅下降?会不会是大家都已经知道店里雇了一个病人呢?要真是这样的话,这家店就完蛋了。”

“不会的。要真是那样的话,我肯定也会听到一些风声的。老板娘,应该是因为雨老下个不停。经济不景气,又总在下雨……”

“总之,你让她走!”

老板娘长长地吸了一口气,紧紧咬住嘴唇。

一阵好长的沉默。

老板娘在等千太郎的答复,可是千太郎一言不发。她似乎等得不耐烦了,只甩下一句“你自己处理好”,便扬长而去了。

十四

樱花树下响起了蟋蟀的叫声，行人来来往往，每个人的脚步声都听得很清晰。

秋夜，繁星久违地挂满天空，宁静如水。

铁板的火已经关了，千太郎的额头上却汗涔涔的。

“你真的拿定主意了？”

德江坐在凳子上，点了点头。

“这是我自己决定的，实在是干不动了。”

“你可以一个月只来一两次。”

“干不动了……”

“我还没有完全学会你做豆沙的方法呢。”

这时，从拉下一半的百叶窗外传来了说话声，好像是刚结束社团活动回来的女高中生们：“怎么关门了？真是的！”

百叶窗外现出两条穿着短裙的腿，千太郎应声回道：“对不起，今天已经打烊了。”

年轻的孩子们有些不满，嘟嘟囔囔着又走远了。

“是打网球的那群孩子吧？”

德江顿时笑逐颜开，可马上又低下了头。放在膝头围裙上的双手，交握着。

“那些孩子也希望你经常来玩的。”

德江摇了摇头。

“为什么，你怎么了？”

“我觉得最近完全卖不动，是因为我的过去。”

“不，怎么会呢？”

“我觉得是这样的。”

“谁知道是为什么呢？”

“其实，我四十多年前就治好了。”

既然这样，就不要走了——千太郎本想这么说的，他觉得自己应该劝她留下来。但是，没有说出口。他想起了老板娘那张脸。

看到千太郎沉默不语，德江反而转过来安慰他。

“店长，没关系的。”

“我无能为力。这里，也有我的责任。”

德江拿起膝盖上的围裙，用外翻的手指抓住裙角。

“什么责任？”

“吉井。”

“嗯。”

“我知道这样直接问你不太好，但是，你得的病……是麻风病?”

“是的。其实，我早就想找个时间好好告诉你的。”

啊……千太郎不知道该怎么说下去了。

“以前的人认为，一旦得了这种病，人这辈子就完了。”

千太郎盯着德江拽住围裙角的手。

“甚至有些人说这个病是‘天刑病’，是前世作了孽今世受到的报应。一旦有人得病，警察、保健所的，都会赶来兴师动众地消毒。家属也跟着遭殃，在人前都抬不起头来。”

“可你已经治好了，对吧?”

德江坚定地点了点头。

“我们吃了美国进口的特效药，不过也有留下后遗症的，像我的手这样。”

“我也稍微查了一下，想问你，隔离真的是完全隔离吗?”

“哦，你查过了?”

德江的眉毛只动了一边。

“对，上网查的。”

“隔离是绝对隔离，人关在里面，一辈子都不能出来。那个法律被废除，还没过多长时间呢。”

“你别嫌我啰唆啊，我再确认一遍，你的病已经……”

“我四十多年前真的就已经被确诊为无菌了，但是一直不能像现在这样出来走动，他们不允许。我刚发病的时候……”

德江突然停下说不出话，然后拿围裙按了按眼角。

“对不起，吉井。”

“我刚发病的时候，和来这里的孩子们差不多的年纪。”

千太郎连德江的膝盖都不忍心看，只能低头看着厨房的地板。

“吉井……”

“从那之后，我就一直被关在里面。”

“疗养院里？”

“对，天生园。”

果然是那家疗养院，千太郎听过好几次它的名字。他知道大概的方位，只是从来没有靠近过。

“那里离这儿不近，公交车还没开班的时候，你怎么来的？”

“没事的，店长。”

“你不会是坐出租车来的吧？”

“我说了，没事的。”

德江扯出一丝微笑。

“那么少的工钱，却让你坐出租车来，实在对不起！”

“真没事的，我每次来都很高兴，特别高兴。”

“吉井……”

“是的，我很高兴。我早就做好了思想准备，被关在里面一辈子都出不来，没想到有一天竟然可以自由走动了。现在来到这里，见到这么多人，这都要感谢店长你雇了我。”

千太郎赶紧摇了摇头：“不，是你帮了我大忙。”

“哪儿的话？我年纪大了，手又是这个样子，脸也瘫了，可你还是雇了我，还让我出来接待那些可爱的孩子们。我一直希望有一天能干这种工作，所以，已经很满足了。本来我也正打算辞职的，最近真的觉得累了，正好……”

德江又用围裙擦了擦眼角，不断说着道谢的话。白发苍苍的头一直低垂着。

“不，是我该谢谢你！”

“那我走了。”

德江坐在凳子上，再一次环顾店内，眼神在装外皮残次品的盘子上停顿了一会儿。然后，她把围裙叠好放在料理台上，最后把围巾塞进包里，站了起来。

“帮我向若菜和孩子们问好。”

“好，等她们来了，我一定转告。”

德江打开后门走了出去。千太郎紧跟着走出去，站在她的身边。

走到大马路上，只见朦胧的路灯映射中，樱花树的树叶纷纷飘落。

“我第一次来的时候，花还开着呢，现在冷清多了。”

“风也变凉了。”

“不知道明年的樱花，我还能不能看见。”

“当然能看见，吉井，你再来教我做豆沙啊。”

德江没有答应，只是微笑着又说了一遍：“谢谢。”

“我才要谢谢你，真的。”

德江用手按住了想再送下去的千太郎。

夜幕中，德江一点儿一点儿地走远了。千太郎默默地看着她的背影，第一次发现原来德江这么小。是她主动提出辞职的，自己只是顺水推舟罢了，可他依旧觉得像是自己亲手赶走了亲生母亲一样。

千太郎满脸苍白，回到了厨房。他看到那瓶放在吧台角落里的消毒用酒精喷雾，奔了过去，抓起来狠狠地朝着百叶窗砸去。

十五

季节又往前推进了一小步。

早上扫一遍，晚上扫一遍，依然扫不尽从店门口那棵樱花树上掉下的落叶。树枝变得光秃秃的，往来行人却没有一个在意。因为宿醉，千太郎的脑袋昏昏沉沉，只是愣愣地看着眼前的光景。

最近他的酒量大增，去的酒吧也越来越多，常去的那几家店已经不能满足他了。每次虽不至于喝到耍酒疯的地步，但不到脚步踉跄，也是不会撒手的。这种喝法，身体自然受不了，他每天起床总是难受不已。千太郎觉得，被子里充斥着谴责他忘恩负义的言语，压得他更喘不上气了。

慢慢地，他不能按时去做豆沙了。从六点拖到七点，又从七点拖到八点，甚至九点。有时候，快到中午他才起身去店里。

客人们没有丝毫要回来的迹象，就连那棵樱花树似乎也正在远去。千太郎觉得，马路上的一切都把他拒之于千里之外。

“上次的豆沙糊了。”

有一个至今还愿意过来的熟客，毫不留情地抱怨道。

其实，比起做坏了的铜锣烧，更应该被处理掉的是自己吧？也许一狠心，就能把自己当作大件垃圾处理掉呢。千太郎有时会这样想，却也未曾付诸什么具体行动。他对任何事物都提不起兴致，由着意志继续消沉，只偶尔转动眼珠觑着这个世界。

久未露面的若菜再次出现，是在一个秋风摇晃樱花树树枝的夜晚。那时千太郎刚把铁板的火关掉，准备关门。

若菜穿着一件短大衣，抱着一个大东西，快把她的上半身都遮住了。她对千太郎点了点头，然后把大东西放到吧台席上。那是一个箱状物，用淡绿的布包裹着。

“这是什么？”

“唔……”

“话说已经打烊了。”

若菜点了一下头，却没有要回去的意思。千太郎从保温箱里拿出一个铜锣烧，装在盘子里递了过去。

“别傻站着了，坐吧。”

“打扰了，谢谢。”

若菜的声音很小。

“那个……吉井还是没来吗？”

“嗯。”

若菜看了一眼铜锣烧，然后盯着千太郎。

“怎么了？”

“不好意思，我没钱。”

千太郎有些惊诧，旋即又笑开了。

“不收你钱，已经打烊了。”

“谢谢。”

若菜微微直起腰，低下头用双手接过铜锣烧。千太郎又往盘子里加了一个。

“包裹里是什么？”

正准备吃铜锣烧的若菜，不由得缩紧了脖子。

“这个……”

“是什么？”

“我碰到点事……正在离家出走。”

“离家出走？”

若菜点点头，然后把手伸向放在身边的那个东西。

“这是笼布。”

揭开那块布，出现的是一个鸟笼，里面有一团鲜艳的黄色在跳来跳去。

“它无处可去了。”

“金丝雀？”

“它的名字叫马威，品种大概是柠檬黄吧。那个，我是来求你帮忙的。”

千太郎意识到又一个棘手的问题正朝自己飞来，他情不自禁地咳了两声。

“你这是无事不登三宝殿啊。”

“这是我和吉井的约定。”

“什么约定？”

若菜注视着鸟笼，吞吞吐吐。

“不会是关于这只鸟吧？”

“差不多半年前，我看到它血淋淋地在路边，啪嗒啪嗒扇着翅膀微弱地挣扎，可能是刚被猫欺负了。它看上去要没救了，可我又不忍心置之不理，于是就带回了家。我每天都给它的伤口涂软膏，后来也不知怎么的就治好了。我以为它肯定会死的，没想到救活了。”

“这不挺好嘛。”

“可是……”若菜指着鸟笼，“马威，它是一只雄鸟，伤好之后，开始叫起来。这就难办了。”

“为什么？”

“我家租的公寓，禁止饲养宠物。我妈让我趁邻居向房东告状之前，赶紧把马威放了。可是，马威的翅膀受伤后一直没好，不太能飞。我试着在房间里放飞过它，飞了一下，它就掉下来。入夏后，我妈几乎每天都催着我把它放了，每天催每天催。现在天气冷了，气温会越来越低，越来越不好过，我不相信它在外面能活得下去。而且，它又不太能飞，弄不好还会被猫啊乌鸦之类的欺负。这样我怎么能把它放走呢？”

千太郎拧开水龙头往杯子里接了点水，抿了一口，像是正在喝什么非常苦涩的东西一样。

“我能帮你什么忙呢？”

“其实我早有预感会出现这种情况，所以找吉井商量过，就在这里。”

“就在这里？”

“对，就是老板你有心病没来上班的那段时间。”

“心病？”

“吉井是这么说的。”

梅雨过后，千太郎从店里失踪的那一段时间——他不由扶住额头。

“吉井还说了什么？”

“她说如果我不能养了，老板你会替我照顾它的。”

“我？”

“是的。”

金丝雀在笼子里抖了抖翅膀，它跳来跳去，像是在画三角形。啾啾啾，叫声有些含糊不清，与千太郎知道的金丝雀的叫声不同。可能现在不是它们婉转高歌的季节吧。

“吉井这家伙……很遗憾，我也是租的公寓，不能养宠物。”

“吉井也想到了这一点，她说如果是这样的话，老板可能会愿意把它养在店里。”

“吉井这么说的?”

“是的。”

“瞎说!”

千太郎差点儿当着若菜的面爆粗口了。

“这里也不能养。我又不是这里的老板，而且在卖食品的地方养宠物，怎么也说不过去呀。”

“是吗?”

“嗯，不行的。”

若菜的脸上写满了失望，下巴猛地落了下去，看着笼子里的金丝雀。

“若菜，你知道吉井为什么从这里辞职吗?”

对一个中学生说这个干什么?得快点收住嘴。千太郎犹豫了一下，还是接着说了下去。

“你问过吉井，对吧?问她的手怎么变成那样了。”

若菜凝视金丝雀的目光开始游离不定，最后点了点头。

“吉井对你说过，她年轻时得了一场病，对吧?”

“嗯。”

“你是那天才发现吉井的手指有问题，还是以前就注意到了？”

若菜转过脸来对着千太郎。

“我以前就知道。”

“那你为什么要问她呢？”

金丝雀啾啾啾地叫着。

“我觉得问清楚比较好。”

若菜特有的水润眼眸中，流露出柔和的光芒。

“是吗？那我就不瞒你了，店里的营业额下降，吉井非常在意，觉得是自己造成的。”

“是麻风病吧？”

千太郎默默地点了点头。

“不过若菜，你是怎么知道的呢？”

“我只对一个人说过吉井手指的事。”

“谁？”

若菜垂头看着盘子里的铜锣烧，然后慢慢抬起了脸。

“我妈。”

一阵风吹过，树叶飘落到玻璃门上，带来哗啦哗啦的声响。

“你妈？”

“嗯。然后有一天，我妈好像一个人偷偷地来过这里。”

“再然后呢？”

“我妈说，坐公交车一直往城外走，有一个麻风病疗养院，她说不定就是从那里来的。再然后……我妈就不让我来这里了。”

鸟笼很局促，金丝雀只能在里面不断打转。

一片一片，樱花树叶静静飘落。

是吗？是这样啊……千太郎努力控制住自己的心情不让它表现在脸上，可还是忍不住问道：“你妈有没有把吉井的病，告诉谁了？”

“我不知道。她在夜场工作，可能是喝醉后讲给别人听了，比如那些大叔。”

若菜盯着厨房里的某一点，一动不动。

“不一定就是你妈。”千太郎轻声说道，“也确实有些客人看到吉井后吓了一跳，估计大家现在都知道这件事了，所以几乎都不来了。”

“这些人很过分吧？”

若菜仿佛在说与自己毫无关系的人。千太郎也不知道该怎么回答，只在嘴里再三咀嚼要说的话。

“世态炎凉，社会就是这么一回事。所以你不能把金丝雀留在这里，大家最近在谈禽流感，怕得很。在餐饮店养鸟，十年前还可以，现在是绝对不行的。”

“哦，这样啊。”

若菜用手抚摩着鸟笼的铁丝，马威跳了起来。

“我觉得也会有客人喜欢金丝雀，冲金丝雀来的。”

千太郎摇了摇头。

“这种想法太天真了。”

若菜低头不语。

“不过这件事……”

“唔？”

“说什么世态炎凉，好像事情与己无关似的，其实就这次的事而言，比世态更冷酷的……是我。”

若菜一言不发，继续抚摩着鸟笼。金丝雀跳起来，轻轻地啄她的手指。她收回手指，然后转过脸来看着千太郎。

“吉井主动提出要辞职，是因为我没有保护好她。”

“怎么回事？”

“明明是她，手把手地教会我做豆沙。”

一阵沉默。过了一会儿，若菜小声地开口了。

“我不知道发生了什么，但是你可以从头做起呀。”

“从头做起？”

“对。”

“做什么？”

“老板，其实你心里另有想法，所以才一直苦恼的，是吧？”

嗯……这次轮到千太郎低下头了。

“从头做起吧。”

“没那么简单的。”

“老板，你知道吉井的电话号码吗？”

若菜挺直了腰。

“她好像没有电话，不过我知道她的地址。”

千太郎在若菜身上似乎看到了某种压迫人心的东西。

“吉井那天还说，如果老板你管不了的话，她可以替我照顾马威。”

“真的吗？”

“真的，吉井是这么说的。那天，我们一起赏月来着。一轮满月就挂在店门口的樱花树上，吉井说这么美的月亮，我们一起赏月吧，于是我们就赏月了。然后一边赏月，她一边对我说了那番话。她说，这是她、我和月亮，三者之间的约定。”

“和月亮的约定……不过，吉井住的地方可能是疗养院，你不怕吗？”

“她告诉过我的。”

“行，那我们先写一封信给她吧。”

若菜的脸上又洋溢出雀跃的光彩，水润的眼睛直直地看着千太郎。

最后，千太郎同意在吉井回信前，先收留金丝雀。他一边在心里祈祷着千万别有人去房东那儿告状，一边把金丝雀提溜回了住处。

十六

柊树围成的围墙，看不到尽头。

从车水马龙般的主干道拐进安静的市级公路后，迎面看见“国立麻风病资料馆”和“天生园”两块指示牌。再往前走，市级公路东侧的一半是住宅小区，另一半就是国立麻风病资料馆和天生园，中间横亘着连绵不绝的柊树绿，似要划出个楚河汉界来。

千太郎和若菜并排走着，路上行人稀少。柊树围墙一眼望不到尽头，令千太郎想起了自己曾经待过的地方。不断传来的，只有小鸟叽叽喳喳肆意的叫声，引得鸟笼里的马威也啾啾啾地应了起来。

“这围墙真长啊。”

“这种树叫柊树，树叶尖尖的。”

“是圣诞节时必不可少的东西。”

“据说围起来是为了防止病人逃跑，种了好多。”

“那是过去的事吧？”

“总之，这围墙留下来了。”

那天回去后，若菜也上网查了一下，知道了过去隔离麻风病人采取的一些措施。

千太郎走在围墙根，用指尖不断抚触密密麻麻的柊树叶。一阵刺痛。从这刺痛就能知道，这道围墙比曾经关过自己的那个更加令人厌恶。

围墙隔一段距离就有一个缺口，可能是以前设过一些便门。可即使是那些缺口处，柊树也长得非常茂盛，令人看不见一丝里面的光景。

两个人沿着围墙走了很久，好不容易才看到国立麻风病资料馆的大门。

之前那段路已经很沉寂了，资料馆前却更加鸦雀无声。阳光透过树枝，笼罩着楼前的交通环岛，在光与影无声的烘托下，这里显得愈加冷清。

资料馆前立着一尊朝圣者打扮的母子像。

是母亲病了，还是母子都病了？因为患了这个病，被赶出家乡，不得不在陌生的地方颠沛流离，这样的母子应该确实存在过吧？或许就是为了抚慰他们的灵魂，才制作了这尊雕像吧？真是到了一个不得了的地方！千太郎顿时感到背部的肌肉紧张了起来。

资料馆停车场旁有一块指示牌，上面标注着天生园的内部结构。他们与德江约好要在小卖部碰面，从指示牌上来看，那里差不多是天生园的正中心，旁边是广场和澡堂。居住区有序地被分为两块，分别叫“黎明”和“明星”。

“我们好像来早了一点。”

禁不住若菜的催促，千太郎看了看手表，离约好的见面时间确实还早。

“那我们就在里面走一走吧。”

“好。”

虽然点头答应了，但若菜还是有些胆怯。

千太郎明白，其实他自己也是一样。眼前呈现的这个世界是他未曾想过的，在稍早一点的时间里，他一直认为与自己今生无缘。

日本的《癞病预防法》是在一九九六年被废除的。从那一年开始，麻风病康复患者才可以自由外出，同时，以往不能进来的普通人也可以自由进出园内。

一百多年来，这个地方不断地把人吞没，又不断地把人拒之门外。千太郎感受到它异样的静谧中，埋藏着无数人深入地底的叹息与遗憾。

千太郎和若菜穿过资料馆旁，沿着顺园而修的小路走了起来。小路两旁的樱花树上已经没有多少叶子，身姿却依然很挺拔。到了春天，这里的景色一定很美吧。

然而，看不到人影，除了鸟鸣声外，也听不到其他声音。

“真安静啊。”

不言自明的事，千太郎特意说出了口。

“好可怕！”

若菜倒是直言不讳。

他们在樱花树旁的长椅上坐了下来。千太郎把金丝雀的笼子放到地上，环视着完全不见人影的园内。入目是几间平房，形状相同，排列有序，他觉得自己好像误入了某个外国的居民区或者兵营。好遥远啊。

两人陷入了沉默。

远远地终于出现一辆自行车，从林荫道那边沿着纵贯园内的小路骑过来。任何人都可以自由出入，所以他有可能是附近的居民，也有可能是住在这里的康复患者。

自行车近了，是一个老大爷，戴着一顶有檐儿的帽子。千太郎突然想看一看他长什么模样，但是又不知道该不该看。若菜低下了头，千太郎仰起了脸。

擦身而过的时候，老大爷与千太郎四目相对。那时一张平常人的脸，鼻子完好，也没有疤痕之类的。倒是老大爷像发现了稀有动物一样，瞅了千太郎和若菜一眼。

千太郎从远去的自行车上收回目光。自己刚才在干什么？到底是出于什么样的心态，想去窥视那个人的脸？他说不清楚。进到园子，到小卖部那里，应该会见到许多康复患者。他们中，或许有人得了严重的后遗症，相貌怪异吧。

他觉得自己好像还没有做好足够的心理准备，来见这些人。

不，在想到“心理准备”这个词时，自己就已经错了。比起表面上采取的行为，此刻自己的内心才更加迷茫。它，还是不能真正理解那些人。

“这么安静，真让人不自在。”

“这里是他们真正居住的地方，实实在在。”

若菜望向平房的方向。

“是啊，这可不是网络上虚幻的信息，而是真实的。”

似乎被这里的寂静镇住了，若菜和千太郎互看了一眼，点点头。

“虽然还早，但是吉井总是比约定的时间来得早，我们走吧。”

“好。”

他们从长椅上站起来，按照指示牌的指示往里走。之前的林荫道是在园区外围，从这里开始终于深入园内，他们往小卖部前进。

每一栋平房内住着三四户人家，像从前的那种大杂院一样。有些人家的屋前晾着衣服，有些则把窗帘拉得严严实实的，然而不管哪家都静悄悄的，连电视和收音机的声音也听不到。

突然，不知从哪里传来了一阵八音盒的声音。

“看！那边……”

若菜用手指着。

一辆奇形怪状的卡车正从住宅区对面慢慢开过来，八音盒的声音就是从它上面传出来的。卡车从两人身旁经过，缓缓转弯开远了，只留下一个背影。

“为什么?”

在若菜出声前，千太郎就在思考。卡车后部有一根扶手，三名工作人员紧抓扶手站着，身上的打扮非常引人注目——他们从上到下裹着雪白的防护服。也不知道这辆卡车是干什么的。

“他们为什么要穿成那样？”

听到若菜的疑问，千太郎只好把他能够想到的答案说了出来。

“这里毕竟是疗养院，是医院，所以对所有的菌类都非常敏感吧。”

“那马威怎么办？”

“是啊，医院里怎么能养宠物呢？”

“吉井明明说没问题的……”

千太郎再次看向卡车远去的方向，那上面的工作人员从上到下裹着防护服。

如果麻风病在日本近乎绝迹了的话，那有什么必要做这么夸张的打扮呢？根据网上看到的信息，日本未曾有一个医务工作者感染过这个病，那他们穿普通的衣服不就好了吗？千太郎想，他开始不安起来：也许不应该把一个女中学生带来这里的。

“啊，那边有人！”

经过澡堂和棋馆旁后，若菜突然停下了脚步。

那里估计就是小卖部吧。一栋超市模样的楼前，有几个人正站着聊天。

“他们在笑呢。”

若菜不过是把看到的情景说了出来，千太郎却觉得浑身的力气在这一瞬间宣泄了。他害怕见到这里的居民，一直很紧张，然而此时此刻，他真正见到了这些人，开始放松。真是奇怪的变化。

正像若菜说的那样，这些人在笑，神情都很安详。

千太郎和若菜朝着小卖部走去，不停地与人擦肩而过。有拄着拐杖的，有骑着自行车的，有双手拎着药包的，他们每个人的健康状况不一，但都是老人。有的人直直地盯着笼子里的马威，还有一群人戴着墨镜，可能是眼睛不方便吧。

千太郎悄悄靠近若菜，用她能够听见的声音小声说道：“他们，都和吉井差不多的年纪。”

小卖部就在眼前，门是敞开的。和普通的超市一样，右半边摆着食品和日用杂货，左半边摆着几张圆桌，墙边设有一台自动饮料贩卖机。

靠窗的桌旁，德江正一个人孤零零地坐着。

十七

不等千太郎打招呼，德江就缓缓地站了起来。她的目光在千太郎和若菜之间忙碌地打转，最后眨着一只眼睛，把不灵活的双手合于胸前。

“吉井。”

听到千太郎的声音，德江低下了头。

“好久不见，若菜也是。”

“好久不见！”

“我们，真是好久不见了。”

德江向若菜绽出满脸的笑容，双手一会儿展开，一会儿又握上，有些无措。

“谢谢你们来看我。”

“是我们打扰你了。”

千太郎把鸟笼提起来，给德江看里面的金丝雀。

“我们把这个麻烦东西给你带来了，还请多费心。”

“好漂亮的黄色。”

“品种可能是柠檬黄，名字叫马威。”

若菜用有些变调的声音，把不能在出租屋里养马威的事和盘托了出来。

“我没想到它会叫……”

“就像信里写的那样，现在养在我那儿。”

德江凑近鸟笼，叫了一声马威。

“这里，可以养宠物吗？”

听到千太郎提出的问题，德江点了点头。

“可以，我以前也养过金丝雀。”

“真的？”

“太好了！”

千太郎和若菜终于吃了一颗定心丸。

“我们这里有自治会，他们有一套规定：狗曾经咬过人，叫声也太吵，所以不能养狗；猫的话，可以养一只；其他小鸟和小动物，则完全没有问题。所以，马威就交给我吧。”

“谢谢，你可帮我大忙了。”

“不过，刚才你们为什么担心呢？”

千太郎支支吾吾，不晓得该怎么说，沉了一口气后才开口。

“刚才我们来的时候，看到一辆奇形怪状的卡车，上面站着三名工作人员，都抓着扶手。他们穿的，是防护服吗？”

他看向若菜，希望她帮下腔。

若菜接过了话头："对，像宇航服一样。"

"我觉得他们之所以是那身打扮，是因为这里是医院吧。要这样的话，可能就不能带动物进来了。"

其实，千太郎担心得更多。他想，应该是因为还有传染的可能性，那些人才那身打扮的。他有些忐忑，不过当着德江的面，无论如何都不能把这份不安说出口。

"哦，那个卡车啊？"德江摇摇头，"看他们穿成那样，让你们担心了吧？确实，是人都会担心。不过别怕，现在这里的施工人员、清洁工以及医护人员，都不会那样打扮了。那个卡车，是送餐车。"

"送餐车？"

若菜不由得反问。

"对，就是送饭的车。早中晚，给有需求的人送三餐饭。平常餐馆的厨师不是总穿白制服吗，这些人也一样。话说回来，也就这些人的打扮一直都没变，跟过去一个模样。"

"原来是这么回事啊。"

千太郎和若菜看了看对方。

"这里建成已经有一百多年的历史，可是，像若菜你这样的孩子可以自由进出，还是最近才开始的。所以，后面还有很多很多地方必须要改。"

这时，千太郎突然意识到周围的人曾经都是麻风病患者，他们或许都听到了这段对话。对于自己提起送餐车的事，他们会做何感想呢？千太郎有些担心。

“马威，后面就由我来养吧。”

“让你费心了，谢谢。”

看到千太郎这么低姿态，德江笑着说：“没事的。我家那口子去世整整十年了，我一直孤单一个人，有马威来陪，高兴还来不及呢。”

“啊？吉井，你结过婚？”

“嗯，结过，不过没有孩子。”

“从来没听你说过……”

千太郎意识到有些事可能不便打破砂锅问到底，便停了下来。

德江好像察觉到了这一点，接着说下去：“我们是在这里认识，然后结婚的。我很快就治好了，我家那口子却用了很长时间，后来又复发……也是受了一辈子的罪。”

千太郎和若菜不知道说什么才合适，只能听着德江讲下去。

“现在说起来，还伤心呢。”

周围的人坐在桌边，有喝咖啡的，有喝茶的，也有状似不经意觑着千太郎他们的。千太郎闪过一个念头，在这样的环境中询问德江的丈夫是怎么与病魔做斗争的，好还是不好呢？

“不过，我家那口子真的很坚强，他尽力了。”

“他是因为病症复发去世的吗？”

“不是，这个病不会致人死亡的。即使有些人留下了严重的后遗症，可也都活到了我这把年纪。它不是绝症。我家那口子本来就有心脏病，好不容易治好了这个病，却突发心脏病死了。”

“啊……”

“我们这些人，死后也回不了家乡，所以我家那口子就长眠在这里的骨灰堂中。我几乎每天都去看他。”

这时，马威啾啾啾叫了起来。

“哈，虽然叫得不清脆，也是要叫的呢。”

“对，它要叫的，所以我不能再养它了。我妈还说，一般的金丝雀都比它叫得好听。”

“到了恋爱的季节，会强一点吧。”

千太郎插了一句，逗得德江笑了起来。她把脸凑近鸟笼，模仿着啾啾叫了两声。

若菜有些难为情地看着她，嘀咕道：“那是要再养一只的意思吗？”

“对，再养一只，也算是成鸟之美。除了一般的饲料外，再加一些莴苣和青菜，是不是就行？”

“嗯，要喂蔬菜。”

“吉井，这家伙很能吃哟。”

“啊，不好意思。”德江正看着马威，鼻涕淌了下来，她赶紧从口袋里拿出纸巾擦了擦，“我好像感冒了，一直没治好。”

“吉井，我看你辞职那阵子就很累了。”

“是啊，从那段时间开始……”德江擤了擤鼻涕，轻声道歉，“要是在从前，感冒是不被允许的。那时人们认为这个病会通过鼻涕传播，不过，这个说法好像也对。”

她打开随身携带的小布袋，轻轻地把用过的纸巾塞了进去。

若菜用余光看着德江的动作，突然问道：“吉井，你是什么时候来这里的？”

千太郎刚想制止她，德江已经平静地回答：“和你差不多大的时候。”

“和我差不多大？”

“嗯。我小时候住在一个非常偏僻的乡下，当时日本战败了，什么也没有。我大哥从战场上活着回来，可是瘦得像个鬼，全家人都吃不上饭。在这期间，我父亲去世了，是肺炎。”

“那时没有药吗？”

若菜低声问道，德江苦笑着摇了摇头。

“哪里有药啊。”

马威啾啾啾地叫了起来，周围喝茶人的谈笑声此起彼伏。千太郎和若菜往德江的方向稍微靠近了一些。

“后来，我两个哥哥终于可以干活养家，我和妹妹也去别人家帮着干农活，日子总算有了一些起色。可是万万想不到，万万想不到，有一天我发现自己的大腿上鼓起了一个红包。”德江指着自己的右腿，“这是怎么回事？我一直在想。我母亲也很担心，带我去邻镇的一家医院，可是医生也不知道是什么病。我们拿了些药就回家了，可是那个包越来越大，不知道为什么，脚底渐渐失去了知觉，怎么掐都感觉不到疼。正觉得蹊跷，医院的医生叫我去一趟，我母亲和二哥就陪着我一起去了……”

可能是已经适应了这里的环境，马威开始叫个不停，惹得在其他桌子边喝茶的人不时过来瞧瞧。德江的话被他们打断了几次。

“然后，我就被命令来这里，来天生园。没有人告诉我任何事，只是把所有的情况告知了我母亲和我哥。之后乱成了一团麻，因为不管怎么说，都是一段很长的旅途，从中部的一个村子到东京的边缘嘛。我们赶紧回家，当天晚上，母亲把家里所有的食材都翻出来做了一顿晚饭。还有煎鸡蛋，这在当时可是想都不敢想的美食。妹妹刚开始高兴得手舞足蹈，可是看到母亲不停地抹眼泪，也跟着伤心了起来。这时二哥说我得了难治之症，短时间内可能回不来了，大家都要做好思想准备。我勉强挤出笑容，想把饭吃掉，当然，肯定吃不下去的。”

“他们没告诉你得了什么病吗？”

对千太郎提出的问题，德江不置可否地回答：“唔……没有直接对我说。我也强迫自己相信，我得的不是这个病。第二天，我和大哥就启程了。”

“你母亲呢？”

“她把我们送到了车站，一边哭着对我说对不起，一边拿出一件连夜赶制的短外套。白色的针织料子，也不知道她从哪里找来的材料。我很久没有穿过那种衣服了，不对，我觉得那是第一次穿。一想到要和家里人分开很长一段时间，心里不免有些害怕，我穿上那件外套，在车站抱着母亲一起哭了起来。我二哥和妹妹没有来车站送我们，只在家门口挥手告别，那就成了我们见的最后一面。妹妹不停地哭啊，我也哭，但我还要安慰她，我说‘没关系，我一定会回来的’。就这样，我们坐上火车，摇摇晃晃地用了很长时间才到东京，花了一个晚上。

快下车的时候，我大哥才对我说：‘你得的可能是麻风病，如果真是那种病的话，我就只能扔下你，自己回去了。’”

说到这里，德江停住了。她看着桌子上，然后慢慢地闭上了眼睛。弯曲的手指又拿出纸巾，轻轻地擦了擦眼角和鼻子。

“吉井，当时你多大？”

“……十四岁。”

德江好不容易回答了千太郎的问题，然后非常用力地擤了擤鼻涕。

“接下来，就在这里接受诊断……再接下来，必须用消毒药水洗澡，来时穿的衣服以及随身物品都被处理了。我哭着求护士，想把母亲给我做的那件外套留下，护士没有同意，她说这是规定。我说，我哥还在外面等着我，那让他把这件外套带回去吧。然而她告诉我，我家里人已经回去了，我在这儿已经没有亲人了，从今天开始换个名字吧。听到这通话，我再也忍不住，一直号啕大哭，心想我为什么这么倒霉？我自己也明白，一旦确诊得了麻风病，就再也跨不出这个门了。以前我见过得这种病的人，也觉得很害怕，只是万万没想到……”

“那件外套呢？”

每当德江说不下去的时候，千太郎就会轻轻地问上一句。

“没有拿回来，永远地消失了。那是母亲给我做的外套。

他们只发了两套条纹夹衣做病号服，还说就两套，过两年才能再领新的，所以一定要爱惜。当时，我还是个小女孩啊。”

正在这时，有人在背后叫德江，声音含糊不清。德江抬起头挥手应了一声。

“阿德，你不用站起来，我把这个给你就回去了。”

千太郎和若菜也转过身去。

那是一个年纪很大的妇女，脸部明显变形，下唇耷拉下来，裸露出牙龈，应该比德江的后遗症要严重得多。

千太郎有些不知所措，只好和若菜一起对她点了点头，算是打招呼。

“我叫森山，是一直和阿德一起做点心的朋友。”

“呃，我们是给吉井添了不少麻烦的家伙。”

“难道是铜锣烧店的？”

“是的。”

“我也想去那儿上班呢。”

森山说完就笑着道别，走出了小卖部。桌上留下一个塑料袋，里面用锡纸包着什么东西。

“你们不介意的话，把袋子打开吧，她肯定用烤箱做了什么点心带过来了。”

说实话，千太郎根本不想吃。德江的话堵在心里，再加上头一次真实目睹后遗症这么严重的人，他受到了不小的震惊。

德江好像明白千太郎激荡的心情，伸手从袋子里取出用锡纸包着的点心，然后用弯曲的手指打开，里面是类似曲奇的薄饼。

“啊，是瓦片酥。”

“瓦片酥?”

千太郎没听过。德江说是法式瓦片煎饼，然后给千太郎和若菜一人递了一块。

“里面有杏仁和橙汁，做法很简单。”

“你懂得真多。我虽是做甜品生意的，可完全不懂这些。”

把点心塞进嘴巴之前，要说千太郎的指尖没有犹豫过，那是谎话。然而，那块小煎饼刚触碰到嘴唇，一股浓郁的橙香就沁入心脾，千太郎的心情为之一变。入口后，杏仁片在齿间流连，生发出更多的香甜。

“这个，真是别有风味。”

“对，这个香味，就像是用水果直接烤出来的。”

若菜的声音也稍稍变得明快，她用手把瓦片酥掰碎塞进了嘴里。

“吉井，还有刚才那位，虽然一直被困在这里，却知道这么多点心的做法，这么懂它们。”

德江不置可否，把瓦片酥放回锡纸里。

“我们去外面走走吧。”

在德江的催促下，千太郎和若菜站了起来。

十八

千太郎提着鸟笼，与若菜、德江一起向着园内的环路走去。一旦离开小卖部，周围又回到了寂静的旋涡。

“说是治疗，一开始是没有普罗明的。”

普罗明是一种治疗麻风病的特效药，这个药给长期受麻风病折磨的病人带来了福音。千太郎和若菜在网上读了很多文章，知道这种药。

“你后来是用这个药治好的吧?”

若菜紧紧挨着德江。

“大家都说这个药非常有效，但日本很长时间没有进口。我们觉得只有把病人团结起来才行，于是开展了‘争取普罗明’运动，各地的疗养院陆陆续续都开展了。而在那之前，参加这种运动的人是会被关进重监房的。”

“重监房？还有那种地方？我……”

差点儿把自己的事情说漏了，千太郎赶紧闭上了嘴。

“在以前草津①的一个疗养院里，单人房。每个疗养院都有监禁室，但是如果被送进了草津的单人房里，据说就不可能活着回来了。见不到阳光，一片漆黑，在这样的房间里被关上几个月，要是碰上大雪封门，更是直接被冻死。”

若菜听得目瞪口呆，德江讲得却很平静。

“在无尽的黑暗中，有的人疯了，有人的死了。说起来，天生园里也有人因为示威游行，被送进了草津的重监房，最后死在里面的。”

听着德江的话，千太郎想起自己曾经待在牢里的情形。还只是个孩子的德江，当时到底是如何挨过那些日子的？

“要不是自己得了这种病，我也会觉得这种事事不关己。小时候我亲眼见过，警察把有患病嫌疑的流浪汉围起来，赶上警用卡车，然后保健所的人过来，往卡车上猛喷消毒用的白色粉末。那些粉末纷纷扬扬，毫不留情地盖住蹲着的人。我在边上看着，觉得那些即将被拉走的人很可怕。所以刚进来的时候，我最讨厌看到收容在这里的人——他们是得了麻风病的人。嗬，明明自己也一样。”

千太郎很想跟德江说“那种心情，我懂”，最后还是嚼碎

---

① 草津，位于日本滋贺县南部。

吞进了肚子里。

“有些人是病情恶化后才进来的，他们身体的各个部位都会出现症状，也就是结节，所表现出来的形式，要么是身上长满瘤子，要么是结满痂。那个时候没有药，所以经常能看到有的人掉了手指，有的人掉了鼻子。我真害怕自己也会慢慢变成那样……眼睁睁看着这群受罪的人，实在是一种折磨。”

德江一边走，一边轻声说着，最后脚步停在了一个略微隆起的小山丘前。这里原来是个小土堆吧，上面灌木丛生，开满了晚秋时节的各种野花。

“大家都想回家，思乡心切。想家的人，就来这里。”

德江用手指指小山丘。上面的泥土不知道被多少人踩过，已经变成了结实的台阶。

“我来之前，它就在了。病情轻的人被抓去开垦森林，挖出的土被运回来，堆成了这个小山丘。然后大家爬上去，看着远处的山，各自思念自己的家乡。”

“吉井，你也爬上去过吗？”

若菜问。德江站着一动不动，没有想爬上去的样子。

“我爬过几次。因为出不去，站在这里看外面，反而越发觉得自己悲惨。越看越悲哀，简直悲惨至极，所以从某个时候起我就再也没来过了，而是……”说到这里，德江打了一个大大的喷嚏，“今年的感冒真是烦人啊！”

她拿出纸巾擤了擤鼻涕，突然又轻轻地笑了起来。

“一定是他从那个世界给我发来了命令，让我不准说他的坏话。”

千太郎有些疑惑。

“我家那口子。”德江继续说道，“我最后一次爬上来的时候，正一个人哭，听到有人叫我。那个人就是他，陪我走下去的人。”

“这样啊，他是一个怎样的人？”

若菜问道。

“是啊，他是一个怎样的人呢？我到现在都没有搞清楚呢。”

德江笑了笑，留下一句让人不解的话。

德江走进一条林中小道。

这里树木茂盛，令人觉得仿佛迷失在了武藏野的杂木林中，脚下是厚厚的落叶。千太郎觉得，如果只看这些树的话，几乎想不起自己现在是在疗养院里。

德江走着走着，似乎想起了什么往事，又打开了话匣子。千太郎和若菜默默地跟在她的身后。

“我家那口子生下来心脏就不好，所以没去过战场。不过，他一直在工作的。你们猜，他是做什么工作的？”

千太郎答不上来。

“他一直在横滨的一家点心店工作。”

“啊，所以……”

“对，关于甜品的知识，都是他教给我的。”

“原来是这么回事啊！”

踏进天生园以来，千太郎的口吻第一次变得明快。一旁的若菜也跟着发出恍然大悟的声音。

“他是一个大个子，长得和椰子树一样高。知道自己得了这个病后，他就辞去了点心店的工作，然后做好横尸郊野的打算，像乞丐一样在日本四处流浪。其实他不应该那样，应该趁早到疗养院来的。”

“他一定是想逃离吧？”

若菜说。德江看着她的脸，露出了有些困惑的神情。

“是啊，也许吧。他被带进来的时候，病情已经很严重。直到我们结婚后，他还会痛得满地打滚，真是让人不忍心看。他是神经性炎症，手上开了个洞，即使那样，也没有怨天尤人过。他是一个坚强的人。”

“为什么会那样呢？”

若菜喃喃自语。千太郎一边看着德江，一边问她什么意思。

“他只是一个做点心的人，为什么要受那份罪呢？”

“是啊。”德江慢慢地往前走，又重复了一遍，“是啊……”

“被收容到这里的人，应该都这么想吧。如果真有神的话，可能很多人都想把他拎出来揍一顿。”

“是啊，也许吧。”

听到千太郎这么说，德江重重地点了点头。

“可是，我们都想活下来。”

德江停下了脚步，千太郎和若菜也跟着停了下来。

“以前，即使这里发生火灾消防队也不会来，有人犯罪警察也不会来，就是这么一个地方。所以，患者们成立了自治会，所有事情都亲力亲为，这样才活了下来。就连钱，也是我们自己造的，仅供这里使用。”

“钱……”

看到若菜惊讶得合不上嘴，德江又点了点头。

“只有我们大家齐心协力，才能活下来。原来是艺伎的，她亲手缝制衣服，教人唱小曲和长歌；原来是老师的，开班教孩子们学习；原来是理发师的，重新拿起剪刀替人理发。大家就是这样，才活了下来。所以现在，这里有洋装部，也有和服部，还有园艺部和消防团。”

德江又慢慢迈开了脚步。

路边的小花轻轻摇曳。如果只将这块风景剪裁下来，任何人看了都会觉得是一片美不胜收的杂木林吧。

“大家都有一些各自的社会经验，用教我们穿和服的那位艺伎的话来说，都是有一手的人，所以我们都不迷茫。我和我家那口子，也一起加入了一个部。”

德江转过身，后面是一片葱葱郁郁的野花。紧跟其后的千太郎和若菜也停下了脚步。

“我们加入了烘焙部。”

“啊，还有这个部？”

“有，好像很早之前就有。不过原来只是大家凑在一起，做一做正月里吃的年糕以及春天吃的草饼之类，应该是做过点心师傅的来了才创办的。”

“所以，你做了五十年的豆沙！”

千太郎兴奋地拍了拍手，终于解开了这个谜题。

“不光是豆沙，我还做过西式点心。”

“所以，你把奶油抹到了铜锣烧上！”

若菜的声音里充满了雀跃，德江笑着点了点头。

“原来是天生园烘焙部啊……”

“我一直在做甜点，如果没有这份工作，就真的生无可恋了。对我来说，做点心既是挑战，也是战斗。”

千太郎长长地呼出一口气，不知该如何作答。

若菜也只是说了一句“真了不起”，就沉默了下来。

“你们，受了不少罪吧？”

德江不置可否地应了声，然后绽出一点微笑，用不灵活的手指指着一处说道：“受罪的是他。”

杂木林变成了茂密的灌木，林中小道到了尽头。眼前出现一片割过的草地，中间矗立着一座石塔。

“我家那口子，就长眠在这里。”

德江一步一步，朝着塔走去。

“以前，如果某家出了麻风病病人，家里的其他人也会受到排挤，所以只有远走他乡。我们大多数人都从户口本上被除名了，吉井德江这个名字是来这里之后取的。”

“啊？”

千太郎看看德江的脸，又情不自禁地去看若菜的脸。若菜扭过脸去，过了一会儿又扭回来看向千太郎。

“你还有一个真名？”

“对，其实我不叫吉井德江。”

“怎么会……”

千太郎就此打住话头，一言不发，若菜也一样。三个人在石塔前停了下来。

“这里是骨灰堂，在天生园去世的人会永远长眠在这里。”

“骨灰堂?”

“因为我们是没有墓的。我家那口子……义明，他也长眠于此。他已经从痛苦中解脱了，在这里，肯定能做个美梦，也许正做梦吃着喜欢的豆沙饼呢。”

德江双手合十。

“义明，今天我给你带来了两个年轻的朋友。”

千太郎看着德江小小的背影，放下鸟笼，和若菜一起合上双手。

白头翁不知在哪里拖着长长的尾音叫起来，马威跟着啾啾啾地应了起来。

“后来……”德江放下了手，“我们终于可以从这里出去了，可是这并不意味着我们就能回家。回家的路，太难了。我的母亲和两个哥哥都去世了，与妹妹虽然联系上了，她却回绝了我，让我放过她。义明也无处可投靠。长眠于此的人，一共有四千多个。我们想，法律变了，大家终于可以回家了！结果那之后十多年，几乎没有人来认领这些尸骨。这个世界，依旧那么残酷啊。”

德江笑着对若菜说，仿佛是在说别人的事情一样。

“对不起，今天跟你们说了这么多不开心的事。不过说出来之后，我心里舒坦多了，谢谢你们听我唠叨。”

若菜轻轻地摇摇头。

“还有想说的，你尽管跟我们说。”

“店长，也要谢谢你。”

“不，你帮我照看这只金丝雀，应该是我要感谢你。另外，我还有事想找你商量，可以再来吗？”

德江对千太郎点了点头：“你来，我自然是巴不得的……”话里，似乎带了点别的意思。

骨灰堂过去，就是一条宽阔的马路，远远地可以看见小卖部和澡堂模样的建筑物。从小卖部到这里应该有一条直路，德江却故意绕了个远道，从杂木林中穿过来。

三个人开始朝着园中心往回走。

千太郎觉得有人在拽他，回头往后看。

那里是天生园骨灰堂。四千多个人，长眠在那里，至今无家可归。

千太郎觉得，似乎有一道视线，正牢牢俯视着自己。

十九

当天晚上，千太郎没有喝酒就躺下了。

他全身发冷，好像发烧了。蜷缩在被子里，他把时钟的指针往回拨，一点点回忆今天在天生园看到的情形。

夕阳映照下的骨灰堂，横穿杂木林的小道，盛开的小花，登高思乡的小土坡，送点心来的老妇人……千太郎突然想起，德江在不停地擤鼻涕。

“人们认为这个病会通过鼻涕传播。”

德江这么说过。一阵寒意掠过千太郎滚烫的身体，他蜷成了一团。

为什么……

德江的病早在四十多年前就治好了。四十多年，已经过了那么长的岁月，令人甚至都不好意思再称她为“原麻风病患者”。自己明明比任何人都清楚这一点，可是为什么还会生出这种不安呢？这种不安，从何而来？

那孩子还好吧，但愿她没生病……

把手放在滚烫的额头上，千太郎想起了若菜。

从天生园回来的路上，若菜一直低头不语。

今天，两个人都受到了不小的震撼。与德江告别后，他们又去了与天生园毗邻的麻风病资料馆。馆内很宽敞，在参观过程中，他们几乎没有交谈。

被埋藏在黑暗中的无数叹息！

要问他们在馆里见到的，只能用这句话来表达；要问应不应该去参观，答案无疑是应该。千太郎真心这么认为。虽然说不出明确的原因，但是他深深感受到，那些从无数苦难中挺过来的人们给自己带来了些什么，并且在同时，他们在自己的身上埋下了眩晕的种子——这种眩晕，不管他睁着眼还是闭着眼，都不会消失。

馆内展示着一张照片，题为《舌读》。

照片中的主人公是一个麻风病重度患者，年龄很大，因病失去了视力和末梢神经的感知能力。因为指尖没有触觉，即使打开书也分辨不出凹凸不平的盲文，于是他就用舌头来感知。用舌尖舔着一个一个盲文，他就是这样读书的！老人伸长脖子舔书的样子，一直萦绕在千太郎的脑海里。

资料馆里还有很多类似的照片：用没有指头的双手捧着口琴，进行集体演奏的男人们；用伸不开手指的双手，埋头做陶艺的老人……

在此之前，他们与自己完全无关，然而现在，他们已然走进了自己的内心。他们或对自己低声耳语，或满脸愁容地盯着自己。千太郎感到痛苦不堪，弯曲着身体吐出一口灼热的气息。

他又想起杂木林中的那条小道。

有多少人走过那条被树木紧紧包围的小道？面对挡住了一切的柊树围墙，他们在想什么？

那种感觉，应该与自己在牢里体验过的挫败感完全不同吧。自己是有罪之人，而他们却是无辜的！有罪的自己徒刑是有期的，而法律却规定他们终生都不得从那里出去！

如果换成自己，会以怎样的心态走在那片幽暗的森林中呢？是怀着满腔的愤怒，还是带着忘掉一切的决心？

想着想着，千太郎不知不觉走进了那条小道，朝着森林深处走去。不一会儿，眼前出现了一个简陋的小广场，角落里伫立着一个身穿简陋夹衣的少女。

千太郎一下子就明白了她是谁。

十四岁的少女，不知道自己到底得了什么病，就被带到这里。她只能哭，不断哭，哭肿了双眼，哭干了泪水。

她是德江。

千太郎站在德江背后，想用言语来安慰她，可是他知道不管自己说什么，怎么说，都无法鼓励到她。

她担心自己会毁容，她被宣告一辈子不能走出这个围墙，她到哪里才能找到希望？

千太郎只是呆呆地站着，望着少女的背影。

如果是一个怀有恶意的人在故意捉弄她的话，她的苦难总有尽头，她还可以从这里走出去。即使全世界都与她为敌，随着时代的变化，有朝一日，她总归能走到阳光之下。然而，站在这个十四岁少女对面的……

千太郎觉得自己几乎要窒息。

是啊，一直在她耳边说你这种人就不应该生出来的——一直站在她对立面的，是老天爷！

老天爷斩钉截铁地说：“我要让你受一辈子的罪。”

当明白这一点的时候，德江是如何理解一辈子的含义，如何理解生活的含义的呢？

这个嘤嘤啜泣的十四岁的少女！

千太郎不敢继续靠近，悄悄地从林中小道折返回来。

二十

北风呼啸。

铜锣春门口，樱花树微微颤动，仅剩的几片树叶在风中飘舞。来来往往的行人穿着风衣，用围巾裹住了脖子。

德江已经离开一个多月了。时至年关，营业额还是一蹶不振，没有半点起色。老板娘来得越来越频繁，瞅着账本说：“总得把今年对付过去吧。”

店内店外都寒气逼人，千太郎做的豆沙却有了可喜的进步，好几个顾客反映说豆沙又变好吃了。

最近，他有意识地减少酒精的摄入量，每天一大早就来做准备工作。他尽量模仿德江的做法，站在铜锅前，仔细地把握好火候、水量以及时间。他有时甚至觉得，自己做的豆沙快要接近德江的了。

可惜落花有意流水无情，营业额一直升不上去。生意圈就是这样，不管出于什么原因，顾客一旦流失，是不会回头的。千太郎深深地体会到了这一点。老板娘提出干脆不做铜锣烧，改做铁板炒面算了。如果是不久之前，他可能会点头答应，但现在，他轻缓而坚决地摇了摇头。他不愿意。

千太郎一直盼着能从铁板前逃走，现在却反对把铜锣春的招牌卸下来。要问这是为什么，他也说不清。他只是强烈地觉得，无论如何不能就这样把店关掉。

那天，冰冷的雨从清晨开始一直下，他在信箱里发现了一封信。

做完准备工作，千太郎抬起头，看到百叶窗旁的信箱里塞着那封信，信封上的字迹非常眼熟。

铜锣春店长辻井千太郎先生：

前略。

你还好吗？天气十分寒冷，已然是冬天的景象了。感冒久治不愈，我一直在和它做斗争，有时可以起床活动，有时又卧床不起。

那之后，铜锣春的情况如何了？说不清楚为什么，我总担心你会一蹶不振。

在天生园里能做的一件事是闻花的香味，听树的声音，我已经坚持这么做六十年了。用心去聆听不会说话的东西说的话，我称之为“听”。

做豆沙的时候，你经常问我在干什么；我把脸凑近红豆，你问我能听到什么。当时，我能想到的只有“听”这一个字，但说出来可能只会使你徒增困惑，所以每次都含含糊糊地搪塞了过去。

要仔细看红豆，要认真听红豆，想象着它经历过的每一个雨天和晴天，去了解它是乘哪一缕风过来的。

我相信，这个世界上所有的东西都会说话。从商业街走过的行人自不待言，只要是有生命的东西——不对，即使是阳光和风，也都是我们聆听的对象。在你的眼里，我可能只是一个爱唠叨的老太婆，你不大愿意听我说话，所以我非常遗憾没能把这么重要的事告诉你。

漫步在天生园里的森林中，我依然会想起铜锣春，想起你和那群来店里的女学生们。啊，对了，还有若菜。我和妹妹断绝了关系，在这个世界上，几乎没有什么知己。我不知道自己还能活多久，但是觉得你和若菜就像我的亲人一样。

也许是因为这个缘故吧，一想起你，我似乎就听到一阵风越过柊树围墙在耳边悄悄地说“危险”。大概这就是不好的预感吧，风都觉得我应该问候一下店长。

我，应该就是导致那些流言的原因吧，现在情况还没有改变吗？如果是这样的话，真不好意思，怪我没有早点离开。有时候，即使自觉没有做错什么，还是会因世人的不理解而崩溃。这个时候，就需要大智慧。关于这一点，我也应该早点告诉你的。

不过，我和你现在都必须克服这个困难。唉声叹气是无济于事的，作为制作点心的职业匠人，你必须突破这个难关。

我认为，你是一个有思想的人，总有一天可以做出属于自己的独特的铜锣烧。的确，我做了很多年的豆沙，可你没必要按照我的做法做。你现在需要的是魄力，只要哪天你能斩钉截铁地说“这是我的铜锣烧”，那就掀开了一个新篇章。店长，请走你自己的路！你一定能做到的！

又及：马威一切都好。它很喜欢吃菜叶，每天都要吃一片莴苣叶。不过我觉得，它好像想出去了。这是怎么回事呢？欢迎你和若菜再来玩！我们见面再谈。

吉井德江

千太郎反复读着德江的来信，甚至忘了把铁板的火打开。德江的字像波浪一样起伏，独具特色，他似乎从一个个字里听到了德江的声音，仿佛她就站在自己的身旁。

反正顾客不多，千太郎干脆跑到便利店买了信笺回来。

吉井德江女士：

你备受感冒的折磨却还给我写信，不胜感谢。

我在店里把你的信翻来覆去读了许多遍，在我的记忆中，已经很久没有人这么鼓舞过我了。

"听"，这个字真好！

原来，你每次凑近红豆是这个原因啊。我一直以为，你是全神贯注地看着每一粒红豆，凭着五十年的经验，来确保它们发挥着最大的潜力。我一直以为，不管是火候还是去涩的次数，不过都是些物理动作，怎么也没想到你其实是在聆听红豆，听它诉说自己是在哪里出生、怎么长大的。

如果是别人这么说，我可能不会相信，因为我从来没有这样去"听"过。我没对你说过，其实我连自己亲生母亲的话都没有听过。

虽然原因不同，但我和你一样，度过了一段被社会隔离的时光。我曾下决心再也不提起这件事，不过又觉得现在可以告诉你了。来铜锣春帮忙的几年前，因为某些原因触犯了法律，我被关进高墙之内，每天只能在狭窄的空间里仰视巴掌大的天空。

母亲来探过几次监，我们总是相对无言，最多说上个两三句话。在我出去之前，她就去世了，脑出血，父亲发现的时候已经去了。

我表达过忏悔之心——对母亲，不过也仅限于此。那段时间我不爱说话，没怎么跟她说过话，也没怎么听她说过话。直到现在，我还会因此而难过，有时感到撕心裂肺般的痛苦。我甚至牺牲了自己的母亲，给她带来巨大伤害，可又能如何呢？现在依然是一个苟且偷生的失败者。

净写自己的事情，实在对不起，我就是这样一个人。

然而，和你一起做豆沙之后，我好像变了一点点。我原准备把钱还完就从铜锣春辞职的，现在却对它产生了留恋。是你使我发生了这种变化，所以，我相信你的感觉。你说所有的东西都会说话，我觉得这非常棒——虽然我还没感受到。

铜锣春还在继续奋斗，有几个顾客夸我最近做的馅儿变好吃了，只是远未达到能留住顾客的地步。老实说，就是在苟延残喘。我陷入了困境，我的苦恼可能乘着风飘到你那里去了吧？

上次去看你时，除了马威外，其实还有一件事想麻烦你的。可那天的所见所闻实在冲击太大，最后没能说出来。

你都患重感冒了，我应该关心的，却总在说自己的事情，真是一个心里只有自己的人。不过，有件事我还是必须向你请教。现在我照着你的做法做出来的豆沙品质都挺好的，那么，今后我该怎么做才能做出属于我自己的铜锣烧呢？我不知道应该往哪个方向前进。

正如你说的，如果我做出了自成风格的铜锣烧，顾客就可能再回来。这样既可以挽救铜锣春，对我自己也算是有一个交代。总之，我别无退路。另外，我还有一种预感，我觉得在你的教导之下，我可以对“点心”有更深层次的理解。所以，我想再去一趟天生园。

马威的事情，我会找若菜商量。若菜正在读初三，应该忙着准备中考，也不知我们什么时候才可以凑到一起再去天生园。无论如何，我打算有时间就一个人先过去，咱们见面后好好聊聊。

希望你的感冒不要继续严重下去。

实在抱歉，写的净是自己的糗事。

天气严寒，请保重身体。

辻井千太郎

二十一

新年到了。

新年头三天没有一天晴的，一直是雨夹雪的天气。

千太郎没有休息，想着一个人喝屠苏酒①也没意思，于是天还没亮就动手做起了豆沙。忙完之后，他一大早就打开了百叶窗。当地人都会去车站对面的神社参拜，千太郎瞄准的正是这股客流。

营业额却不理想。刚过完新年就来查账的老板娘嘀咕道："我们改做别的食品吧。"她长长叹了一口粗气，千太郎觉得她是叹给自己听的。最早提出改行做铁板炒面时，老板娘可能只是随口说说，说来说去多说了几次，就当真了。她问千太郎如果改行的话，他是否还愿意留在这里。

千太郎没有点头。

"铜锣烧，再坚持坚持吧，老板起家做的就是这个。再说，我的钱也还没有还完。"

老板娘未置可否，用力地撇了撇嘴。

"只要能继续做，做什么不重要，毕竟就是为了混口饭吃。"

千太郎认为她说的有一定道理，却依旧无法赞成。

确实，自己这么努力改进豆沙的品质，营业额还是上不去，令人非常沮丧，但这就是生意啊。不管做什么生意，如果

---

① 屠苏酒，一种在新年期间为祈求无病长寿而喝的喜庆酒。

因此就轻易改行，那肯定是不行的。

另外，还有一个原因——这个原因对千太郎来说，更为重要。

德江做豆沙的手艺，如果自己现在不学习并传承下去，就会从这个世界彻底消失。这不仅是一门手艺，更是德江这个女人在世上存在过的证明。

一月中下旬，千太郎收到了德江的明信片。

那天，他恰好与老板娘就铜锣春今后的发展方向发生了争执。老板娘考虑的已然与铜锣烧没有关系了，而千太郎仍主张再坚持一段时间，却无法拿出强有力的理由说服对方。

千太郎的内心是焦躁的，一想到那些再也不来的顾客，他就想骂人。不过看到手中明信片上那独特的笔迹时，他的心情好转了一些。明信片上，德江写道：

> 近来身体不好，年底和年初都是躺在床上过的，没能写贺年卡，非常抱歉。
>
> 现在，病情终于好转了。
>
> 方便时，再来天生园玩吧！我和森山打算届时再举办一次烘焙部的活动。

千太郎在厨房里答道："一定去——反正也没有几个客人。"

天生园里依然一片宁静。树叶掉得差不多了，光秃秃的，越发使人觉得这里静谧无声。明明晴空万里，吹透园内的风却刺骨般地寒冷。

千太郎沿着上次走过的路朝小卖部走去，他和德江约好了在那里见面。

路上没有行人，他默默地走着，穿过小卖部的大门后，停住了脚步。

"吉井……"

德江与上次给他们送瓦片酥的森山在一起。他拼命掩饰住自己的不安，一边朝两个人打招呼，一边朝她们坐着的桌子走去。

德江的变化令千太郎大吃一惊。

短短一个月没有见，德江的样子发生了巨大的变化，仿佛时光在她身上已过去了好几年。她依旧满脸笑容，可是双眼凹陷，面色憔悴，脸颊上没了一点肉。

"吉井，你的感冒好像很严重啊。"

“是啊，真难受，什么也吃不下。”

德江用弯曲的手指搔了搔头，那是一头像棕榈树皮般毛糙的白发。

“这个人，她有段时间极度虚弱，搞得我都想要不要直接联系您。”

森山用那张后遗症严重的脸模仿德江躺在床上虚弱不堪的样子，她的表情让人想起了蒙克①的画。

“快别说了，我都好了。”

“真对不起，谁让你病得那么重，我还以为你会去那边找你老伴了呢。”

“还早哩，我还要把我们烘焙部的豆沙教给店长呢。”

德江虽然面色憔悴，声音却出乎意料地爽朗。

“你真的没事了吗？”

千太郎紧紧盯着吉井的脸，吉井挥挥手躲了过去。

“过年时很严重，一直躺在床上，现在没事了。”

“对不起，你病重的时候我也不知道。”

“哪有的事，你这次能来，我就很高兴。”

为了方便千太郎和吉井说话，森山暂时离开了。过了一会

---

① 爱德华·蒙克（Edvard Munch），挪威画家、现代表现主义绘画的先驱，常以幻想式的画风表现爱情与死亡、不安等主题。

儿，她双手捧着一个大盆又回来了。

“来，尝尝这个。”

盆里放着三个木碗，正微微冒着热气。

“我用里面的微波炉热过了。”

“啊，这个是?”

“我们再来过一次新年!”

德江双手合十默默祈祷，森山也兴致勃勃的。

“这是我们烘焙部的特制红豆粥。”

木碗里面，一粒粒红豆熠熠生辉，联结成一片灿烂的光辉。这是德江独有的豆沙。与热气一起扩散的，是一股醇甜的浓香，几乎把旁边的人也笼罩了进来。不知从哪张桌子旁，传来了一句小声的嘀咕：“什么东西？真香!”

“快尝尝看。”

森山把木碗放到千太郎面前。

“店长，快趁热吃！这个，不喜欢甜食的也能吃。”

德江也催促着。说老实话，至今为止千太郎从来没有吃过一整碗的红豆粥，然而这次他只吃了一口，表情就不由得舒展了开来。

“真好吃……”

他情不自禁地说道。醇厚的甜味消除了脸部和脖子最初的紧张感，一股安心的感觉溢满了全身。满心舒畅。

“阿德，还有那个呢。”

“啊，对！店长，你再尝尝这个。”

一直看着千太郎的吉井德江从包里拿出一个小塑料袋，然后把里面的东西放到一个小碟子上。

“这个也很好吃，是阿德亲手做的咸味海带。”

“咸味海带？”

“这个是甜食的最佳拍档，缺了这个会少很多风味呢。”

森山夹起一片吃了，发出一声满足的喟叹。

千太郎也伸手夹起一片。海带不长也不宽，刚刚好，塞进嘴巴里感觉湿润柔软，一股梅子的香气一直抚触到鼻子的最深处。

“咦，里面有梅子？”

“是的，我用了梅子和紫苏。”

千太郎一边赞不绝口，一边继续品尝红豆粥。他目不转睛地看着吉井和森山：“你们真了不起。这红豆粥和海带是怎么做的？”

明知这个问题不是三言两语就能回答的，可千太郎还是问了。只有这样，才能表达他此刻的心情。德江不由得笑了起来。

“不是什么特别难的东西，这是我们烘焙部的传统点心，每次过年都要做的。”

“是的。今年过年阿德一直在床上躺着，所以红豆粥是我凑合着做的，咸味海带是从外面买的。听说店长你要来，她又特地爬起来亲手做了今天这些。”

“谢谢。”

千太郎真挚地道了一声谢，发现自己面前的木碗几乎空了。

“我真是第一次吃到这种红豆粥。”

“太好了！阿德，他好像很喜欢吃呢。”

“甜味很柔和，再由海带的咸味一勾引，就像花儿在嘴巴里盛开了一样。”

“我在红豆粥里也撒了盐，因为还有海带，所以只撒了几粒，吃不出来的程度。”直到此时，德江才端起碗自己也吃了一口。她似乎在看着远方的什么东西，憔悴的脸庞上慢慢地绽开了一丝笑容，“红豆粥和海带，正好的搭档。”

千太郎和森山也点了点头，表示赞同。

“店长。”

“嗯？”

德江放下木碗，直视着千太郎。

“我做的豆沙，可能稍微有点咸。”

“好像是有点。”

“而你之前在店里用的那种豆沙……”

“你说进口的那些？”

“我觉得那些豆沙黏糊糊的，甜也甜得不纯粹。”

的确是那样。每个人都有自己的喜好，对千太郎而言，那种纯粹的甜味豆沙最多只能吃个一两口，能令他青眼相待多吃几口的肯定是带一点点咸味的。

“我觉得像店长这样爱喝酒的男性，可能更喜欢稍微有点咸味的豆沙。”

“怪不得！”

“你不喜欢吃甜食，却可以吃一些我做的豆沙，我想很大一部分是盐的功劳。”

“不，是因为你处理红豆处理得好。”

“可如果完全没有咸味，也就难以下咽吧？”

“这么说还真有可能……”

森山看向周围坐着的人，说：“这里也是一样的。”

“给男性吃的豆沙，稍微加一点盐更受欢迎。”德江接着说，“店长，你觉得我平常做的豆沙与今天的红豆粥相比，哪个盐分更多？”

千太郎不知道她问这句话的意思，想了一会儿后，眼睛落到了装着咸味海带的碟子上。

“可能是红豆粥吧。还配了咸味海带。”

“对，两者的盐分有很大差异。所以你看，你今天把一整碗都吃完了。”

“哈，我是酒鬼。”

“带咸味的豆沙，吃起来不齁。”

“是的。”

“不过做豆沙的时候，你可不能放太多盐。”

“对，你说得对，盐多了会把其他的味道都压下去。”

“那今天的红豆粥怎么样？咸味海带可是很咸呢。”

“呃……吉井，你想说什么呢？”

德江神情憔悴，凹陷的双眼中却迸出了笑意。森山在旁边一言不发地看着她。

“做豆沙的时候，盐不要多放，吃不出来的程度就行，而红豆粥就要配味道鲜明的小菜，比如说咸味海带。所以今后做铜锣烧的时候，你可以换一种思路，加一点点盐，怎么样？我觉得像店长你这种爱喝酒的人，可以试试这个新方法。”

森山拍手称绝：“这个可以考虑，来个逆向思维，像咸味豆沙包、咸味豆沙团子什么的。”

“也就是说，咸味铜锣烧？”

“店长，我觉得有时候你可以按照自己喜欢的方式来试一试。”

森山佩服地敲了敲桌子，发出长长的一声感叹：“阿德从以前起就是我们烘焙部的点子大王。”

“我只是勉强动了动空无一物的脑袋而已。”

森山探出身来：“店长，阿德几乎没错过。她都这么说了，那你就去做咸味铜锣烧吧。”

“咸味铜锣烧？”

“一定会畅销的。”

森山斩钉截铁地说，德江也点了点头。

千太郎向她们低头道谢：“谢谢你们今天的红豆粥，还教我新点子。我每次都不知道该怎么谢谢你们。”

“不用谢，也就是刚好想到说出来罢了。话说回来……”

德江看了看森山，又把深陷的双眼转向千太郎。森山将木碗收进盆里，离开座位去洗碗了。

德江压低了声音：“具体的事，我就不在这里再打听了。店长，谢谢你告诉我。”

“啊……”千太郎明白过来她在说什么，没有说话，只是低下了头。

“你母亲的事，真遗憾。”

“嗯。”

“你父亲还健在吗？”

千太郎还是没有说话，默默地点了点头。

“那你应该去看看他。”

“总是找不到好的借口过去。”

“是吗？”

“都是我干的傻事。尤其是对母亲，我犯下了不可挽回的罪过。”

“可是，你已经服满刑期了吧？”

“是的。”

“那就重新开始吧。”

千太郎不敢直视德江。他看向桌子，直直地盯着小碟子里的咸味海带。

“我自己也一直在想，怎样才能重新开始。虽然铜锣春的老板救了我，让我在厨房里有了一个容身之地，但是我每天只想着如何逃跑。”

“也难怪，你不喜欢吃甜食。”

“是的，不过……”千太郎吸了一口气，“不过，我现在一心想把店继续经营下去，用我自己的方法。”

“嗯，我觉得你一定能做出自成风格的铜锣烧，还有……”

“您说。”

“说实话，关于做豆沙，我已经没有什么可以教你的了。接下来，你可以随心所欲地去做。你只要对自己充满信心，就一定能做到的。”德江深深凹陷的双眼湿润了，“你一定能做到的!”

二十二

咸味铜锣烧。

起个新产品的名字很简单，可真要把它做成商品时，却很不容易。

千太郎找商家送来了赤穗①的天盐、伊江岛②的山原盐等远近知名的盐，不过事实上，他压根不清楚应该在制作铜锣烧的哪个步骤中怎样添加盐，才能使它成为一种新的日式点心。

首先，千太郎只是单纯地增加了撒在豆沙里的盐的用量。以前熬制四千克的成品豆沙时，最多会放一克左右的盐——

① 赤穗，位于日本兵库县的西南部，盛产叫“天盐”的海盐。

② 伊江岛，位于日本冲绳县的西北部，盛产叫“山原盐”的海盐。

用指尖轻轻撮一点的程度，现在他把用量增加到了两到三克。

结果，发生了不可思议的变化。

平常他觉得蕴藏在甜里的咸味仿若摇曳于清流中的水藻花，虚无缥缈，却又令人感到心旷神怡。然而随着用量的逐渐增加，具体说来，及至每四千克的豆沙里加入三克以上的盐后，豆沙就突然变得粗陋不堪，完全不能用来制作铜锣烧。这就像汤里放多了盐令人无法下口一样，一旦在豆沙中放了过量的盐，它就不能用来做甜品供人享用了。

这意味着，无论千太郎如何苦思冥想，加在豆沙里的盐的用量都只能完完全全依照既有的老方法。在目前这个阶段，他所能做的就是在熬制豆沙的时候，有节制地撒进一点点盐。在盐的用量上，这似乎就是极限。

那么，究竟该怎么办呢？剩下的当然只能从外皮上动脑筋。千太郎决定在和面时试着放一点盐。

和原来一样，按照“三等分”法则把鸡蛋、上白糖、低筋面粉等材料等量配置好后开始和面，再加入作为膨胀剂的小苏打、蜂蜜和甜料酒、少量绿茶粉调味。接下来，就是加盐的步骤了。

千太郎把面糊分别装入几个小盆中，一点点地调节食盐用量。这样烤制出来的每组外皮，咸度上会有所不同。刚烤好，从医院看完病的老板娘正好来了。她浏览了一下这几天的流水账，不停地叹息生意的惨淡。

听到她的嘟囔，千太郎说："我正在尝试做一种新品。"

可能是怕糖分高，老板娘对铜锣烧一直敬而远之。这次听千太郎这么一说，竟也来了兴致，她伸手拿过一个已经好久没吃过的铜锣烧。

"哎呀，真咸！"

她的反应直截了当。

"对呀，这是咸味铜锣烧。"

"什么呀，那也太咸了，吃了直想喝水。"

"还有淡一点的。"

"感觉很粗制滥造。"

粗制滥造？

千太郎被她说得有些心慌，于是也拿起一个刚做好的铜锣烧放进嘴里。他非常缓慢地咀嚼着，细心品味口感和味道的变化。

"是吗？我觉得还行啊。"

这是千太郎的真心话。他觉得自己似乎触碰到了某种新的东西，本应松软香甜的外皮送来的却是一股清爽的咸味，这种反差别有一番风味。可是吃了第二口、第三口后，他渐渐地明白了老板娘说的意思。刚入口时令人愉快的感觉已经消失，嘴巴里只剩下又浓又烈的咸味，同时外皮应该有的松软口感也消失得无影无踪了。真是矫枉过正，得不偿失。

“原来如此……”千太郎吃完一整个，看向老板娘的脸，“您吃了还会想再吃吗？”

“也算是与众不同的卖点，可能会吸引人吧。你可以先试着卖一卖。”

老板娘的声音无精打采。

听在千太郎耳里，这句话无异于不赞成。但是不管怎样，按照目前的情况，铜锣春确实已经无路可走。不想办法做一些新东西，肯定没有将来。

“我说过很多次，这家店继续这样下去是不行的。我觉得应该适可而止，放弃铜锣烧了。”老板娘又搬出那一套说辞，并且在此基础上又生发出某种新的愿景，指着玻璃门外说道，“樱花开的时候，希望我们的店也能焕然一新。千太郎，你怎么想？不如就此换个全新的想法，比如做铁板炒面，或者烤串？对了，你可能会喜欢卖酒吧？”

“不，之前我也说过，我觉得还是不要放弃铜锣烧。”

“可现在都没有顾客来了。”

那是因为之前吉井在才……千太郎差点儿脱口而出这句话，赶紧屏气咽了回去。

“您能再坚持一下吗？”

“坚持？”

“如果您还有重新装修开新店的经济条件，那能不能允许我再在铜锣烧上赌一把？”

“千太郎，你真是一个怪人！你明明一点儿也不喜欢铜锣烧，只是为了还钱才在这里的。我看得可清楚呢。可是，你现在怎么装得这么拼命了？如果改行卖铁板炒面，还可以顺带着卖酒，那对你而言不是更好吗？你为什么到了现在，才这么执迷于铜锣烧呢？”

“呃，那个……”

“而且，要想重新装修从头做起，必须趁现在这个时间。”

“为什么？”

“我的积蓄也不多了。如果错过时机，可能这家店就得关门。那才是真正意义上对不起我家那口子，你明白吧？不趁着还有余力的时候采取行动，就会陷入绝境，永无翻身之日。真要到了那种境地，千太郎你打算怎么办？”老板娘接着说道，“说起来，你所谓的最后绝招就是这个吗，咸味铜锣烧？”

“这……”

老板娘把吃了一半搁下的铜锣烧，又拿起来尝了一口。

“冷了更咸，你尝尝。”

她撕下一块递给千太郎，催着他试试。千太郎塞进嘴里。确实，和热的时候相比，铜锣烧的口感变得不同，并且更咸了。

“你说你要做东西，我很感激你的这份努力。但是，现实就是现实。现在是一月底，你看这样行不行？”

“嗯？”

“就看二月的营业额吧。如果营业额像从前那样能升上去的话，我们就继续做铜锣烧；如果不行的话，就死了这份心。我一直觉得开一家大阪风味的面店不错，卖铁板炒面和章鱼小丸子。还可以把收银台改造成可以喝酒的吧台，提高客人的消费额。说起来，你已经还了我们不少钱，二月份能还多少就还多少，剩下的算了。”

“啊？”

“你还得差不多了，剩下的不用再还，从此两清。千太郎，自然界有四季变化，人生也会有的。”

千太郎许久才回过神来，回答道：“好的。”

“所有的一切，在下个月做个了结，你听明白了吧？”

“明白了。”

老板娘把没吃完的铜锣烧放回圆盘，用力地推了回来。

二十三

吉井德江女士：

你还好吗？天气一直很冷，你过得怎么样，那之后有没有再感冒？

我在继续奋斗。

你的话启发了我，回来之后，我立刻试着做了起来。

对，就是咸味铜锣烧！

最初我试着在豆沙中多加了些盐，结果以失败告终。我因此明白，原来你平常使用的食盐用量是最合适的。姜到底还是老的辣！所以，豆沙没有任何变化。

那么，怎么才能做出咸味铜锣烧呢？我想的很简单，又往面糊里加了一点儿盐。

这样做出来的铜锣烧别有一番风味，趁外皮还热的时候吃，可以尝到一种未曾有过的味道，我觉得应该可行。但是过了一会儿，外皮冷下来，咸味就变得越来越强烈。明明只是一味佐料，现在却喧宾夺主了。为了避免这种情况，我减少用量只放了一点儿。这次可能又放少了，失去了之前吃第一口时的惊喜。

总之，在外皮里加盐这个想法实现起来也很难。我想，或许根本就不应该在豆沙或外皮上下功夫。吃红豆粥配咸味海带时的那一抹惊艳，是因为我把海带当成了品尝的重点。也就是说，即使真有咸红豆粥这个东西，如果往里加多了盐，也只会引人反感。

我明白了，红豆粥与咸味海带看上去相互对立，实际上却是在相互烘托。所以，我们现在需要做的，是找到烘托铜锣烧的某样东西。铜锣春目前的境况不允许我慢慢地探索，但我还是想通过你教给我的“听”去寻找这个东西。我还没有放弃希望。

营业额一直不见起色。最近，隔四天做一次豆沙都足够用了。半年前的那份忙碌简直像做梦一样。

我每天侧耳聆听，可是现在的我依旧什么都听不见。我想等天气暖和之后，再去一趟天生园，带着若菜一起去。到时候我们再决定，是否把那只金丝雀放生。

对不起，都是一些泄气话。不过，我觉得没有必要在你面前装样子，所以还是写下了这些心里话。

我会继续努力的，希望我的耳朵也可以听见点心大神的声音。

辻井千太郎

写于铜锣春

辻井千太郎先生：

前略。

我随便说的一句话，好像把你弄得团团转了。

实在对不起！

确实，盐的用法很难。咸口的菜品倒还好，甜口的菜品如何才能把握好用量，这非常难。此时必须要遵守的法则就是，盐绝对不能喧宾夺主，绝对不能多加。因此就像你说的那样，我们要找到能烘托铜锣烧的某种咸的东西。红豆粥和咸海带的关系就是如此。

店长你发现了一个重要的问题，我觉得这就是关键。红豆粥和咸海带原本也是毫无关联的两样东西，自从有人把它们搭配在一起，不论是喜欢吃甜的人，还是喜欢吃咸的人，都能吃了。铜锣烧作为日式点心本身来说已经非常完美，不过以这样的思维发散出去，或许也可以找到和它搭配的东西呢。我也会琢磨这个问题的。

现在，你可能竖起耳朵什么都听不见，但是希望继续努力，不要灰心。

不管什么梦想一定都能实现，你缺的只是某个契机，而我相信你肯定能听到那个转折点的声音。人的一生不可能只有一种颜色，一定会有突然绚烂的那一天。

我已经走到了人生的尽头，也因此参透了许多只有活到这个时候才能想明白的事情。

我一生与麻风病为伴，然而回首过往可以发现，刚来疗养院时与十年后、二十年后、三十年后以及已经走到尽头的现在，看到的颜色大不相同。

我的生活中充满了痛苦，这是无可辩驳的事实。然而，在这里度过的岁月让我明白了一个事实，那就是不管你失去了什么、失去了多少，也不管你受到了多么不公平的待遇，我们都是人。麻风病不是绝症，所以即使失去四肢，我们也只能继续活下去。我们在黑暗的深渊里挣扎、斗争，看不到胜利的希望，可是只要想起我们是人这个事实，就能感到骄傲。

所以店长，我可能是因为“想听”而在“听”。我认为人是具有这种能力的生物，而且我经常“听”到。

来天生园里玩耍的小鸟、虫子、花草、树木、风、雨、光，还有月亮，我相信所有的东西都会说话。光是聆听它们的话语，我的每一天就变得非常充实。置身于天生园的森林中，就是置身于世界中。在夜晚聆听星星的喃喃私语，就能感受到时光的永恒。

店长，你一定还在为客人不回来而伤脑筋吧？你心地善良，所以有些话没有直接跟我说，但我知道因我而起的变故一直没有结束。《癞病预防法》已经被废除，可事实上，社会并没有发生太大的改变。即使如此，我还是希望你能一直聆听下去。听，听，仔细去听，听到普通人听不到的声音，然后把它们融入到铜锣烧中。我相信，这样你和铜锣春都会迎来一个光明的未来。

对不起，写了这么多这种话。

不过，我相信你！

店长，你一定能渡过这个难关！

天气暖和后，一定要来玩啊。我也盼着能见到若菜呢。请多保重！

吉井德江

二十四

二月即将结束，又是一年春风起。

骤然而起的南风吹动着铜锣春门前的樱花树，树上已经冒出了几个小小的花蕾。可能是气温升高的缘故，不时可以看见把大衣脱掉夹在腋下的行人。为了防止灰尘飞进来，千太郎尽可能地关上玻璃门，只不时从缝隙中吆喝一声："来个铜锣烧吧！"

营业额在逐步回升。

咸味铜锣烧依旧没有成型。可能是随着季节的变化，人心也出现了一些变化吧，一度离开的顾客们又渐渐地回来了。他们略微拘谨地站在店门口，对千太郎说"好久不见"或者"好久没吃铜锣烧，突然想吃了"，千太郎只是笑笑。

看着账本，老板娘的表情也发生了变化。她的眼角绽出一丝笑容，说："这样也许能继续经营下去呢。"

千太郎一边告诫自己危机还没有结束，一边终于忍不住松了一口气。就这样，迎来了又是一年春风起的时节。

老板娘拉开吧台旁的拉门走进来，是在这一天风静下来的傍晚。她的背后跟着一个年轻男人。老板娘用下巴示意千太郎，介绍道："这是店长辻井先生。"男人一边嚼着口香糖，一边说"我是田中"，极为应付地点了点头。

"我想了很久，还是把他带来了。这个决定有些突然，还请谅解，千太郎，我想让你和他一起干。”

在老板娘的催促下，那个叫田中的男人向前走了一步。他穿着松松垮垮的牛仔裤，一副时髦的打扮，大概二十多岁吧。

“一起？”

千太郎没听明白，不由反问了一句。

“他是我外甥，从厨师学校毕业后一直在餐馆打工，搞不好人际关系。你知道的，厨师的世界也很复杂，是吧？”老板娘把句尾拖得长长的，一副希望得到千太郎赞同的神情，“然后，他就被逼着辞职了。这个冬天一直游手好闲。哎，我说得对吧？”

男人做作地笑了笑，歪着脑袋点了点头。

“所以千太郎，接下来的话希望你认真听着。作为这里的老板，我决定下个月开始对铜锣春重新装修，改成同时卖铜锣烧和铁板炒面的店面。也就是说，既卖甜的，也卖咸的。”

“重新装修？”

“是的。虽然会越来越挤，但是应该还好。你看，客人渐渐地回来了，其中还有很多是中学生，田中正好能和他们有话聊。”

“您等一等……”

千太郎其实不知道该说什么，只是下意识地打断了老板娘的话。

“我懂，我都懂！”老板娘粗暴地挥挥手，反过来打断了千太郎的话，“突然做出这样的决定，我也觉得对不住你。可我的日子也不多了，必须要认真考虑。这个孩子，打小我就很宠爱，碰巧他当上了实习厨师，于是就有了这个想法——其实我已经想了很久。所以，算我求求你了。这孩子还很不成器，但本质上是一个好孩子，希望千太郎你多敲打他。”

“哪里哪里，我……”

一股苦涩涌上心头，千太郎极力把它压了下去。

“千太郎你能做到的。营业额下滑到那个地步，你都努力把它扳了回来，我家那口子果然有眼力。‘铜锣春’这个名字不会变，铜锣春还是铜锣春。千太郎，我希望你今后继续在这里做铜锣烧，以及培养将来的老板。拜托了！”

老板娘拍了拍男人的屁股，男人讪笑着低下了头，小声地跟着说了一句：“拜托了。”

“从这里到那里，放炒面的铁板；铜锣烧，就挪到里面去……”

老板娘不再管千太郎，自顾自地和男人说起了店内重新装修的方案。不知道为什么，铜锣烧的案台远离了玻璃门。

千太郎不晓得该说什么，只是看着他们。

二十五

路灯的灯光透过窗帘和窗轨的缝隙射了进来，千太郎裹着被子，看着映在天花板上的几何图形。

小猫在叫。

千太郎从铜锣春辞职，已经近一个月。春光明媚，他却一直窝在房间里。他吃着从便利店买回来的东西，成天浑浑噩噩。时光流逝，他只是一个旁观者。

不能再这样下去了！

千太郎当然明白这一点，所以今天在买杯面的路上，他顺便买了几本刊有求职信息的杂志。

只要自己符合招聘要求，不管是什么工种，千太郎都打算打电话去问问。他还买了成堆的空白简历表。然而翻了半天求职杂志，没有哪一个工作适合他，准备好的便签条也无处可贴。年龄是一个大问题，偶尔有些企业不限年龄，又都要求有特殊的资格证。千太郎除了普通驾照之外，什么资格证都没有。处处碰壁，所有的招聘都坚决地对他关上了大门。

“这都是什么世道！”

千太郎小声地叹息，不久又变回了前阵子的模样。他躺在那堆等着洗的衣服旁，仿若一个高高隆起的影子一般翻滚着。

就这样，迎来了夜晚。然后，他听到了小猫的叫声，小猫仿佛在对他说话。他漫不经心地想：这只猫长什么模样？它是因为寂寞而叫，还是因为思春而叫？它到底是为了什么目的而叫？它是一只公猫，还是母猫？

千太郎躺在床上，轻轻吐了一口气。

他想起了德江的信。

听？

到底能听见什么呢？

小猫的声音近在耳畔，自己都听不懂它到底在倾诉什么，更别提红豆的私语了。怎么可能听得懂呢？

千太郎视野的余光直直地觑着昏暗的墙角。

归根到底，自己是一个失败者！除此之外，也想不出什么理由。

那么，干脆找一根绳子在这个房间的某个地方自我了断吧。

千太郎转动眼珠子，寻找挂绳子的地方。他东看西看，发现除了窗轨之外没有其他地方可以挂绳子。

要和窗帘一起挂下来吗？想想实在可笑，他忍不住小声地笑了出来。

“难道是报应吗……”

他嘟囔着。报应，这是千太郎从铜锣春辞职时老板娘甩过来的话。千太郎自己也觉得她的那番话无可辩驳。

“我家那口子是抱着什么想法帮助你这个有前科的人，你知道吗？现在倒好，你要丢下我外甥不管吗？你爹妈怎么教你的，我倒想看看是什么样的人养大的你！”

那天千太郎把老板娘叫过来，把剩下的钱和辞职信一起递给了她。随即，老板娘劈头盖脸一顿骂，骂他是一个忘恩负义的小人。

千太郎没还一句嘴，只是杵在那里一动不动。

他知道，老板娘说的话基本没错。

自己简直无药可救，总是在背叛——背叛了父母，背叛了所有人。

到底是从什么时候开始堕落的？千太郎也不知道，但是他知道这一切变化不是突然的。堕落的芽，从小就寄生在自己的身体里。并不是因为想好好地活下去而失败，正因为想好好地活下来，才过上了眼前这种废物般的日子。也就是说，千太郎正因为是千太郎，所以才痛苦。

所以，千太郎今夜依然在挣扎。无论看向哪里，他都觉得要窒息。他像一头受伤的野兽一样，痛苦地呻吟着。他甚至想亲手勒死自己，可是没有绳子。那么，是用打包带好，还是用皮带好呢？他思索着。

千太郎看向桌子旁边，那里有一个纸箱，里面塞满了替代退职金的各类厨具。有他爱用的铜锅，锅里套着面盆，另外还有硅胶铲、铜锣勺、打泡器、奶油刀和厨师服。

厨具从纸箱里冒出头来，生成凹凸不平的剪影。千太郎一言不发，目不转睛地盯着。

他想起了在店里的日子。

排队等在玻璃门外的客人们的脸。

在吧台席上叽叽喳喳的中学生们。

四季精彩纷呈的樱花树。

还有，伫立在樱花树下的德江。

“铜锣烧……”

他的双手忆起面盆与硅胶铲的触感。

刚煮好的红豆晶莹剔透，散发出一股香甜。

“来个铜锣烧吧……”

千太郎咬紧了嘴唇。

“来个铜锣烧吧！”

再次说出这句话，千太郎感觉两颊一股温热。他紧握拳头，深深吸一口气，咬紧了牙关。

你一定能渡过这个难关——他想起德江信里写的这句话。

嗬，这次也没有守约，从来没有守过约。

“铜锣烧很好吃……来一个吧！”

千太郎告诉自己不能哭，用力忍住，只是声音颤抖了。他抱紧枕头，把脸埋了进去。不知道为什么，脑海里浮现出店门口的那棵樱花树。

现在，正是樱花盛开的时节。今年的樱花，也一定绽放得如雾似云般美丽吧？大马路上，也一定有人停下脚步出神地站着赏樱吧？店里一定又飘进了樱花花瓣，那群女中学生一定又在抱怨铜锣烧里混进了花瓣吧？那些孩子，还会经常光顾换了店长的铜锣春吗？

二十六

当天晚上，千太郎做了一个梦。

他梦见自己不知道在什么地方爬坡。

那是一块起伏不平的丘陵，底下是碧波荡漾的河。河面宽广，水流缓慢。千太郎停下脚步，静静地看着它。河离自己大概有十米远。

那条河一层又一层，层层分明，仿佛不同密度的海水汇合到了一起。数条白线一会儿联结，一会儿分离，编织出绚丽的花纹。

那是什么？

千太郎远远地看着，终于弄明白了真相。

那是花瓣河。

千太郎顺着水流向上游望去，一片笼罩着斜坡的白色云雾映入了眼帘。

那是樱花。从逼近河流的斜坡直到山上，都被盛开的樱花笼罩着。

千太郎朝着那片夺目光彩，一步一步往上爬。

鸟儿在啼啭。

风运来花儿的清香。

樱花结成的云彩近在眼前。

漫天飞舞的花瓣熠熠发光。

千太郎一直来到樱花树延绵不断的地方，这里被盛开的樱花紧紧包围，仿佛形成了一个发光的水潭。他走进去，不停地转头四顾，眼前的美景令他心荡神驰。千太郎切实体会到，自己静静沉睡的情感，只有在这片树林中，只有在此时此刻，才能化为一年仅有一次的欢喜。欢喜，喷涌而出。这种没有杂质的欢喜，才是樱花。千太郎四处转了一圈，来到了可以俯视那条河的斜坡边缘。他再次看到了碧波荡漾，同时也感受到一阵清风吹了上来。与清风一起的，还有花的清香，以及飞舞的花瓣。千太郎沐浴着从下方涌上来的花瓣雨。

光藏在所有的地方。它从碧波荡漾的水面，从怒放的樱花，当然还从天空，灿烂汹涌地喷射出来。

两只小鸟掠过水面。

千太郎伫立着，琢磨着这到底是什么地方。

“店长！”

他似乎听到有人叫自己，是一个少女的声音。他转过身。

樱树林荫道的角落里有一家小茶馆，店前写着五平饼①的小旗被风吹得哗哗作响。一阵香味飘来，勾起了千太郎的食欲。

“店长！”

又传来了少女的声音。

茶馆前放了几张木桌，来赏花的客人在这儿悠闲地吃喝。千太郎听到的声音就是从那边传过来的。

他朝着茶馆走去。

角落里的一张桌子旁坐着一个少女。

---

① 译者注：五平饼是日本的一种乡土食品，即穿在扦子上的烤年糕。

“咦？”

少女站起来，对千太郎鞠了个躬，千太郎一下子就认出了她。少女微笑着指着自己短外套的领子。

那是一件雪白的短外套。

“是我妈给我做的！”

短外套在春光下闪闪发光，一朵朵的樱花飘落在上面。

“真好，你很高兴吧？”

少女应承了一声。

“原来是这里呀？”

“是的，这里是我的家乡，一个美丽的地方。”

千太郎在少女对面坐了下来。桌子上放着一个豆沙糯米团子，还有一把小茶壶和几个茶杯。少女倒上茶，把杯子推了过来。

茶壶里装的不是茶，而是漂着樱花花瓣的汤。

千太郎把茶杯凑近嘴边，问：“这是掉进花瓣了？”

少女摇了摇头，说：“不是的，这是樱花汤。有一股淡淡的咸味，又带着花的香甜。”

“欸，樱花汤？”

千太郎第一次听说。他又低声重复了一遍这个名字，感到花瓣飘入了自己的心田。刚才还飘在半空中的花瓣，钻进体内，化作一道光芒，然后转瞬即逝。不，并没有逝去。

有一股淡淡的咸味，又带着花的香甜。

少女的话一直盘旋在千太郎的心中。周围的樱花仿佛忽然膨胀了起来，他使劲眨了眨眼睛。

“这到底是什么东西?”

看到千太郎端起茶杯，少女用笔直的手指拿起茶壶。

“这是我们家自己腌制的，你打开看看。”

千太郎打开壶盖，里面满是粉红色的樱花。一股浓香扑鼻而来。

“这不是染井吉野樱，是八重樱哦，盐渍而成。”

“真漂亮!”

千太郎恨自己的词汇太贫乏。

“把这个用开水泡开，就成了樱花汤。”

千太郎一边听少女的讲解，一边仔细地比较壶里的盐渍樱花和茶杯里的樱花汤。

茶杯里的樱花慢慢地从水中浮起。樱花是连花萼一起摘下的，一点都没有损坏它原本的形状。现在，两朵纠缠却完美的樱花正在杯中盛开着。

千太郎出神地盯着两朵花看了一会儿，似乎被蛊惑了一般，又端起茶杯凑近唇边。

花香浓厚，樱花仿佛在千太郎的口中盛开了一样。与此同时，一股令人神清气爽的咸味掠过了脸颊。

一股淡淡的咸味，带着花的香甜……

少女说得没错，咸味和香味相得益彰。

就是这个！

千太郎轻轻地放下茶杯，出神地看着茶壶里的盐渍八重樱。

就是这个，自己一直在寻找的！

“盐的用量把握得好的话，不但可以品尝到花本身的味道……或许，可以在铜锣烧的外皮里加入一两片花瓣……”

说到这里，千太郎坐不住了，激动地抬起头。

然而，少女一点儿一点儿从眼前消失了。

她，她的微笑，她飘满花瓣的白外套，都消失得无影无踪。

千太郎慌忙站起来，环顾四周。

之前看到的几张桌子，明明在那边赏樱的客人，竖着小旗的茶馆，全都不见了。

四周只有雪白的耀眼的樱花。

方才还扶着的桌子，桌子上的团子和茶杯，还有装着樱花汤的茶壶，也都不见了踪影。

千太郎被灿烂的繁花团团包裹住，他不停地喊着少女的名字。花瓣不断飘落，风景依然如旧。他这才发现，原来自己迷失在了一个非现实世界的地方。在被拽回现实前，他生出强烈的愿望，无论如何要去见见那个少女。

必须去见见她，问问她。

那里是你的故乡吧？

你曾说过那里有一条河流，是一个开满樱花的美丽地方。或许，你们那里有腌制花瓣来吃的习惯？

你有没有就着甜食吃过那个呢？

二十七

长长的柊树围墙里，樱花盛开。

花瓣随风飘舞。

千太郎和若菜走在路上，有一搭没一搭地聊着。

“你准备高中参加什么兴趣小组？”

每当交谈出现空隙时，千太郎就会问一些无关痛痒的问题。

“唔，我还没有想好。”

这次是千太郎主动打的电话。他知道自己一个大男人约一个十五岁的女孩子出门，可能不合适，但是要商量马威的事情，必须两个人一起去一趟天生园。

自从做了那个梦，千太郎脑袋里装的全是盐渍樱花。他还上网查了，得知这种东西真的存在，激动得不得了。他迫不及待地想去采购一些，与铜锣烧搭上一搭，可中途又打消了这个念头。是了，现在还不具备条件，属于自己的铜锣烧还没成型呢。而且，要说盐渍樱花，那肯定要用产自少女家乡的盐渍樱花啊——如果那里有的话。

千太郎刚给德江发了一张明信片，告诉她自己将和若菜一起去看她。不清楚她是否收到了，不过想想德江也没有什么地方可去，去了天生园后总会有办法见面的。他知道地址，就算在小卖部碰不到，也可以直接去她家找她。

天生园的杂木林上，天空是柔和的钴蓝色。柊树对面，樱花盛开，烂漫如云霞。麻栎的树枝在风中摇曳着，熠熠生辉。

“若菜都上高中了，真是春天来了。”①

“是啊，春天来了。”

“现在是樱花最惹人心醉的时节呢。”

“是啊。”

---

① 日本每年在四月开学，故而此处有这种说法。

若菜一直少言寡语，所以只能千太郎主动开口了。

“其实，我一直想告诉你的，吉井她……那只金丝雀……”

“你是说马威？”

“对，就是马威。吉井想把它放了，说自己听到马威说想到外面去。”

“嗯。”

“吉井在这里关了很久，所以懂得笼中鸟的心情。我也觉得如果能飞了，还是把马威放生为好。放生后再找一个固定喂食的地方，它应该就能够在天生园的森林里活下去。”

话音未落，若菜简短地应了声“好”，神情非常淡定。

“还有一件事，你可能已经知道了，铜锣春关门了。”

“嗯，我知道的。”一直远远跟在后面的若菜稍微靠近了一点，“店长，你为什么辞职？”

“老板觉得铜锣烧已经过时了。”

“我有一次放学回家，去了一趟，结果发现铜锣春没了。”

“你又去了吗？”

若菜又靠近一些。

“怎么了？”

“我决定了，上公立高中，非全日制高中。”

“是吗？”

“是的，我白天要打工。”

若菜的眼神霎时透出一股坚毅。

“是吗……”千太郎不知道该说什么，可是又不得不接着说，“无论在哪里，你的人生最后都取决于你自己的努力。”

“大家都这么说，我们班主任也这么说。可是，他们谁也不去上非全日制的。”

“嗯，那倒是。”

“店长你呢？你上的是普通高中吗？你有好好学习吗？”

“是普通高中。”

没听到若菜的声音，千太郎转过身去，只见她用手拨弄着柊树围墙，脸色很难看。

“只有我一个，要上非全日制高中。”

“是吗？不过……”

“我家里穷，必须打工养活自己，就打算去铜锣春试一试。可是去了之后，发现铜锣春已经不在了。”

“真对不住啊。”

“可不是嘛。吉井以前说过我可以去铜锣春打工的，所以非常失望。而且说实话，还有些生气。店长，你不再找个地方做铜锣烧了吗？”

“我想做的。”

“是吗？”

“如果可以和若菜一起做，就太好了呢。”

千太郎本是当作玩笑话说的，但是话一出口，他就震惊了：真是自己说的这句话吗？自从从铜锣春辞职后，他一直窝在家里闷闷不乐，在这个瞬间却似乎完全解脱了。

若菜走过来挨着千太郎，用指尖敲了敲挎在肩上的书包。

“我给吉井带了个礼物来。”

“欸？是什么？”

“你猜猜。”

千太郎猜不出来，想了半天之后说道：“棉坎肩。”

若菜一阵嘲笑：“都到春天了，怎么会是棉坎肩呢？”

“那是什么？你给点提示。”

“不是吃的东西。”

“那我就不知道了。”

直到最后，千太郎还是没有猜出来。转眼，他们已经走过了柊树围墙，来到麻风病资料馆前。这里也是樱花盛开，似云如霞，但依旧和平常一样静谧无声。

“啊，又来了！”

若菜的这句话，听着既像因为思念，又像因为不知所措。他们经过朝圣者打扮的母子雕像前，朝着天生园外围的小路走去。

“樱花真美啊！”

“是啊，像梦境一样。”

小路上的两长排樱花树非常壮观，在头上结出璀璨的光芒，仿佛将周围的光全部聚拢了过来。赏花的人三三两两，可能是附近的居民，也可能是天生园以前的患者。

“店长，吉井住在哪里？”

“我也没去过。反正知道地址，如果在小卖部碰不到，就按照指示牌找过去。”

若菜点了点头，小声地说了一句：“总觉得有点忐忑不安。”

小卖部的里外，一如往常站着许多人。他们的岁数都很大了，其中很多大爷戴着墨镜。

千太郎从小卖部敞开的门，往里瞅了瞅。他在明信片上约定的是这个时间，却没有看见德江的身影。

“看来还是得去家里找她了。”

这时，若菜轻轻地捅了捅千太郎的胳膊。

“那边有个人在看我们，好像上次见过。”

女人从桌子最里面的座位上站了起来，看着确实眼熟。

“啊，森山！”

两个人赶紧点头致意，森山脚步缓慢地靠了过来。

“你好！我们又见面了。”

千太郎有意地朗声说道，森山却有些支支吾吾。

“我们是来看吉井的。我给她寄了明信片，可能还没有收到。”

“那个……”

森山用一只手捂着留有后遗症的嘴唇，好像想要说什么，但找不到合适的话语。下个瞬间，她闭上了眼睛。

“店长，明信片我替阿德收了。你，可以坐一会儿吗？”

她的声音很温柔，可带着不容分说的力量。千太郎和若菜对视一眼，在森山指引的桌旁坐下。

“店长，还有若菜……”

“那个，‘若菜’是我的绰号。”

“接下来的话，请你们听了，务必保持冷静。”

“嗯。”

空气顿时凝固了。

“阿德，她不在了。”

千太郎惊讶得闭不上嘴，旁边的若菜打了一个哆嗦。

所有透明的东西——如风、时间、天空，似乎突然结成了一个拳头大的硬块，击打着千太郎的胸口。

“怎么会……”

森山的眼中没有光芒，然而依旧直直地盯着千太郎。

“阿德曾告诉过我你的地址，可我找不到了。上个星期，我去店里找你，看到它在卖铁板炒面。我问那个年轻人知不知道铜锣春前任店长的电话号码，他说不知道。唉，我还一直在想该怎么告诉你。”

千太郎无言以对，只是用手捂住了额头。过了一会儿，他低下头用尽全身力气，轻轻地对森山说：“实在对不起……”

“阿德是十多天前走的。”

“不可能！不可能的……”若菜连声说道。

“那天的前一天，我去阿德家里找她。她看上去无精打采，可是不想去医院，说只是发烧。我留下来陪了她一天。她说，如果她有个三长两短就让我给你们捎个信。我建议她把店长你叫来，她不让，说就算真有个三长两短，留封信就行了。”

千太郎摇了摇头，他无论如何都不敢相信森山说的事情。

“阿德把你当成自己的儿子。”森山说得非常直接，语气中不带一点责备，“她死于肺炎。”

千太郎觉得自己应该说点什么，可是什么都说不出来。身旁的若菜也呆住了。

“我们几个朋友送她走的。本来想把你叫来的，可一想你都换了工作，肯定也是出了什么状况。总之，一切都来得太突然了。”

千太郎又摇了摇头。

“那，德江的……”

千太郎嘴唇发抖，说不下去了。

“德江的……”

还是说不下去。

森山用弯曲的手指按住眼角，过了一会儿，回答了千太郎想问的问题。

“她现在在骨灰堂，去她老伴身边了。”

“是吗……”

千太郎用尽全身力气，轻轻地应了一句。他控制不住翻涌而出的情感，用胳膊抵住桌子，紧紧地捂住了脸。身旁的若菜低着头，抽泣不止。

“不过，来了就好，阿德和你们果然心意相通。既然来了，我带你们去阿德家看看吧，好吗？”

千太郎默默地点了点头，若菜用嘶哑的声音回答道：“好。”

二十八

三个人回到疗养院的大道上，两边住宅林立。拐过一个路口之后，森山停下了脚步。这里离小卖部并不远。

出现在眼前的是一个院子，里面长满了草。森山踩着踏脚石，走了进去。

对着马路的一面墙上嵌着一块牌子，上面写着“绿风”，应该是这片住宅的名字。

千太郎和若菜跟在森山身后，穿过了院子。这里的每栋楼里好像住着四户人家，窗户造型完全一样。

德江家在最里面，森山拉开没有上锁的铝合金窗。

“不用走大门，就从这儿进。我们总是这样的。”

看来这里是他们进进出出、说话聊天的地方，房间里铺着的蓝色地毯都已经磨白了。窗边放着那个熟悉的鸟笼，可是马威并不在里面。

千太郎发现了这个情况，偷偷地看了一眼若菜。若菜的眼泪还没干，湿润的眼睛也看向鸟笼。

“请进。”

房间大约十平方米大小，里面好像是厨房，可以看见洗菜池和冰箱。天花板是用废木板贴成的，灰浆抹的墙壁已经发黄，房间里泛着阴沉的黑。里面放着一个衣柜，一张书桌，一个装满了书的三合板木箱，一台小电视机。寝具之类的可能在壁橱里，面上的就只有这些东西。

“德江，就是在这里去世的？”

“不，她是在住院部去世的。不过，唉，怎么也想不到她会走得那么突然。”

在森山的催促下，千太郎和若菜把鞋子脱在草地上，走进了德江的房间。厨房有些昏暗，不过窗边可以晒到太阳。

三合板木箱上摆着几张照片。

“这是阿德和她的老伴，义明。”

森山一边用不灵活的手抓起线香，一边看着照片。

“德江年轻的时候，真漂亮……”

若菜的声音透着浓浓的鼻音。

千太郎也是这么想的。照片都是黑白的，里面的德江大概只有二十来岁，梳着老电影里才会出现的古朴发型。她的脸庞熠熠生辉，完全不像一个病人，鼻梁高挺，眼睛里充满了活力，和千太郎梦见的那个少女很像。她正对着身旁的男人温柔地笑。男人也笑逐颜开，正看着年轻的德江。

正像德江之前说的一样，德江的老伴看上去年龄比她大很多，身上透着敏感而文弱的气息。

只有一个地方，和德江说的不一样。

德江说过，丈夫是一个大高个，长得和椰子树一样高。所以千太郎一直把他想象成一个个子很高的男人，可是照片里的这个男人虽然比德江稍微高一点，可怎么看都不过是日本人的平均身高。

千太郎小小地疑惑了一下，思绪又马上转到了别的地方。照片里的德江和义明都充满了活力，然而正是因为如此，一想到命运强加于他们身上的巨大考验，千太郎感到胸口又一阵剧痛。

千太郎和若菜点上线香，向着照片里的夫妇双手合十。他们依旧在遥远的几十年前，恬静微笑。

“你们不嫌弃的话，可以拿几样东西回去，我想阿德本人也会很高兴的。”

厨房的角落里有一个家用小烤箱，旁边有一个木箱，箱子里塞满了烘焙工具。有做豆沙用的铜锅和木铲，也有做豆沙馅时过滤粗粒豆沙用的绸布，还有制作利休馒头的烙印模具、制作羊羹的模具和做团子用的蒸笼。此外，制作西点的工具种类也很丰富。各种型号的钵子旁边，放的是做圆馅饼的模具、做奶油蛋糕的模具、奶油刀和打泡器。一个塑料袋里装着给点心封口用的铁丝扎带。

“我们也想把能用的东西拿回去做个纪念，可是大家都这把年纪了，拿回去后，很可能第二天自己就不在了。”森山微微笑了一下，“所以店长，最好是你这样的人拿去用。这个房间里的东西，到这个月底就会被全部处理掉。那时候，就什么都没有了。”

千太郎在木箱旁坐下，把手伸向德江的烘焙工具。他突然想起德江来铜锣春时说的那句话：我一直做这个，已经做了五十年了。

他记得清清楚楚，当时德江的脸上露出了自豪的神情——虽然只是短短的一瞬间。

千太郎轻轻地用指尖触碰那些工具。

“真是历史悠久的东西啊。”千太郎拿出一把有年代感的木铲，递给森山，“还是留着给烘焙部的大伙儿用吧。”

森山摇摇头：“烘焙部，这十年几乎都没有活动过。”

“啊，是吗？”

“能出去后，想要什么都可以买到。像蛋糕什么的，超市里就可以买到，因此没什么机会再聚在一起做甜品。”

千太郎无言地点点头。

“阿德一直是我们烘焙部的领头人，变成这样，她一定很伤心吧。”

“她很想做甜品的。”

“是啊，还有……”

森山把说了半截的话收了回去，闭上了嘴。

千太郎把木箱里的东西重新摆好，然后将其中的几个工具用布巾包了起来。

“那我就拿回去用了，谢谢！”

自己何时会重新回到铁板前，千太郎也不知道。不过他还是准备把这些工具放在身边，总算是个纪念。

千太郎从厨房回到房间，森山拿出一个饼干盒放在书桌上。

“我说的，就是这个。”

打开盒盖，里面是一封信。

“阿德在被送进医院前，把这封信委托给了我。她说有件事要向店长道歉，如果她没能回来，就让我交给你。”

森山抽出里面的信递了过来，千太郎和若菜四目相对。

“阿德说还没有写完。”

千太郎接过了信。

“可以的话，你就在这里读这封信吧。这是阿德在这里，一笔一画写出来的，她应该花了很长时间。”

千太郎点点头，打开了信。出现在眼前的是德江异常认真写下的笔迹，一笔一画都仿佛波涛起伏，充斥着独属于她的气息。

辻井千太郎先生：

前略。你收到这封信的时候，天气已经转暖了吧？

老人爱唠叨，说来说去就是那些事，我原想那就不再写了。但是感冒愈趋严重，我有点担心，不知还能不能再见到你和若菜。有一件事我想向你道歉，还有一件事我一定要告诉你，所以又提起了笔。

首先是我的道歉。

我和你们约好会饲养马威的，可实际上，我早就把它放了。因为听着马威的叫声，我逐渐明白了它的心声，它在说“放我出去”。想到若菜，我犹豫过。然而，我自己就曾经因为不能出去而痛苦万分，又有什么理由把这个长着一对翅膀的生物关押在这个小小的笼子里面呢？

失去人工保护后，马威也许会活不下去，但是看到它凝视着蓝天，不停地叫着“放我出去！放我出去”！我还是忍不住把它放了。

希望你帮我转告若菜，真的非常抱歉。

小时候，我没有特别想过要干什么、成为什么样的人。怎么说呢，战争年代，比起这些，考虑更多的是能活多久这种朦胧的不安。

可是自从知道自己得了这个病，再也出不去后，我反而有了理想。真是造化弄人啊。

以前我也跟你说过，我想当老师。我喜欢孩子，又喜欢学习。实际上，我在园内的学校上过学，成人后还有模有样地给小病人上过课呢。

但是说真心话，我更想走到围墙外面去。我想走进社会，去好好工作。就像所有正常人那样，我想做一个对社会、对他人有益的人。

这个想法一直没有变过。生病当然不能出去，可就算病治好了，我也不能从园内走出去。我那么想工作，想为社会做贡献，可事实上我一直被关在这道围墙里，靠纳税人纳的税活着。

我不知道有多少次想去死。我在心里认定了，对社会没有用的人根本没有活着的价值。因为我坚信，人生下来就是为了对社会、对他人有所贡献。

这种信念是什么时候，又是因为什么而发生变化的呢？

我清楚地记得，是在我独自漫步于园内的森林，看到皓月当空的时候，是在我开始“听”树木低语、虫鸣鸟叫的时候。

在月光的照耀下，四周泛起淡蓝色的光芒，树木仿佛因着自己的意愿，在风中摇曳。在那片林中小道上，真的就只有我一个人面对着月亮。

真美的月亮！我看得心荡神驰，完全忘记了自己还在和病魔做斗争，忘记了自己不能走出这道围墙。

就是在那个瞬间，我觉得自己确实听见了，听见月亮轻轻地对我诉说——我是想让你看见我，所以才发光的。

从那之后，所有的东西在我的眼里都不同了。如果没有我，就不会有满月，也不会有树木，也不会有风。如果没有我这个看的人，我看到的所有东西都会消失。对，就是这样的。

那么，不止我，如果整个人类都没有了，会怎样呢？不止人类，如果所有具有感受力的生命都没有了，会怎样呢?

这个接近无限的世界就会消失殆尽。

店长，你可能会认为这只是一个夸张的幻想。然而，就是这个想法改变了我。

我们出生，是为了看这个世界，为了听这个世界。这个世界对我们期望的，无非也就是这一点。如此一来，即使当不上老师，不能找到一份工作，我也有了降生到这个世界的意义。

我因为很早就痊愈，所以可以不用太在意后遗症走到外面去，甚至还在铜锣春工作了一段时间。我觉得自己真的非常幸运。

在这个世界，有的孩子生下来才两年，就失去了生命。在悲伤之余，大家会想，这个孩子生下来有什么意义呢?

现在我明白了！这个孩子肯定是为了用自己的方式感受天空、风和话语，才出生的。有了他，才有了他感受到的世界。因此，这个孩子也有生下来的意义。

同样，像我丈夫这样大半辈子都花在与病魔做斗争上，在旁人看来死不瞑目的生命，也有生下来的意义。他们通过人生，感受到了天空和风。

不仅仅是饱受麻风病折磨的人，我想，任何人都思考过自己是否有活着的意义。

那么，这个问题的答案是什么呢？现在，我非常肯定，答案是有。

当然，眼前的问题不会因此而迎刃而解，我们有时仍会觉得活下去是一连串的痛苦。

那个时候，我真的非常高兴——官司打赢了，把我们关起来的法律被废止，我们能够自由外出的时候。为了这个目标，我们大家努力了几十年。

喜悦与痛苦只是一纸之隔。

可以走出柊树围墙去街上，可以乘坐公交车和火车，只要自己愿意，甚至还可以去旅游。这些是多么令人兴奋的事情。经过了五十年，我们终于可以走到外面去，那个瞬间的激动我永远忘不了。所有的一切，都熠熠生辉。然而，走着走着，我发现无论走到哪里，我都没有朋友，也没有家人。无论走到哪里，我都只是一个迷失在陌生国度的人。

太晚了！得到自由时的年龄太大了！

至少要再早二十年，我们才有可能在外面的世界打造出属于自己的人生。到了六七十岁时，才对我们说“好，你们可以出去了”，我们已经无计可施了。

得知可以走出去时的喜悦越大，对失去的时间、再也回不来的人生的遗憾和痛苦就越大。这种遗憾和痛苦狠狠地向我们袭来。这种心情，你懂吗？这里的人，每次出门回来，都是一副精疲力竭的样子。那不仅是因为身体的疲劳，还因为前面所说的绝不会消失的痛苦。

所以我选择做点心，做甜美的东西，给饱含热泪的人吃。我也因此，得以活了下来。

店长，你当然也有活着的意义。

我认为，你在高墙里度过的那段痛苦时光，你与铜锣烧的邂逅，都是有意义的。只有通过所有的这些经历，才能够成就属于你自己的人生。而且，终有一天，你会说“这就是属于我自己的人生”。即使你不能成为一个作家，不能成为铜锣烧大师，终有一天，你也能用自己的方式重新站起来。我坚信这一点。

我第一次看到店长，是在我每周一次的散步日里。我一边心荡神驰地看着商业街的樱花，一边走着，然后闻到了一股甜甜的味道，看到了铜锣春。

然后，我看到了店长，看到了你的脸。

你的眼神很忧伤，惹得我想去问一问你为什么这么痛苦。我曾经也是那样的眼神，当我意识到再也不能从柊树围墙出去时，我就是那样的眼神。所以，我仿佛被吸住了似的，定在了铜锣春的店门口。

当时我想，如果我丈夫没有被强制结扎，我有孩子的话，他应该和店长你差不多的年纪吧。

然后，我……

从后半部分开始，信上的字越来越大，越来越潦草，最后在这里戛然而止。

千太郎捧着信，闭上了眼睛。

好一阵子，大家谁也不说话。

终于，若菜开口打破了沉默。

“我应该早点来的。”

千太郎抬起头，只见若菜打开挎着的书包，从里面拿出一个纸袋，轻轻地放在了德江的照片前。纸袋上扎着一个蝴蝶结。

“你好不容易带来的，就打开给阿德看看吧。”

听森山这么说，若菜点点头，颤抖着用双手打开了纸袋。

是一件白色的外套。

“我不会做衣服，所以去买了一件，不贵。”

若菜哇地哭了出来，森山挨着她坐下来。

“阿德现在一定很高兴。”

她拿过外套，抻开袖子给照片里的德江看。

“阿德，太好了！你妈给你做的外套，若菜帮你拿回来了。”

森山用弯曲的手指，轻轻地碰了碰若菜颤抖的肩膀。

“若菜……”

森山没有再说什么，只是不停地抚摸着若菜的肩膀。

“若菜。”千太郎一边喊着，一边哭了起来，“谢谢！”

之后，三个人静静地待了一阵子。在呼吸恢复正常前，谁也没有说话。

千太郎看着中间的院子。

哭的时候，时间流逝得似乎格外快，不知不觉中，光线中混进了一些红晕。亮光片刻不停，在小草的嫩芽上跳来跳去。千太郎用指尖擦了擦眼周，然后看到了空荡荡的鸟笼。森山开口，打破了沉默。

“阿德说不知道该怎么道歉呢。”

“金丝雀吗？”

“是的。”

森山跪爬着靠近若菜。

“你刚刚才送了一件外套，说这件事也不知道合不合适。该怎么说呢？马……”

“它叫马威。”

若菜抬起了头。

“阿德自作主张把小马威放了，也没跟你们商量。该怎么向你们解释呢？她一直在为难。”

“她在信里也写了这件事。”

千太郎说，若菜摇了摇头。

“没关系，马威也想飞了。”

“放生没多久，小马威经常飞回到这个院子或前面的房顶上来吃食。”

“真的？”若菜的脸上还挂着眼泪，伸长了脖子去张望，“它会飞了？它原来飞不好的。”

森山歪着脑袋，有些疑惑：“怎么会呢？现在还经常能在前前后后的房顶上看见小马威呢。”

“马威在飞吗？”

“嗯，大家都在喂它。”

“真的吗？”

进到这个房间之后，若菜的神情第一次舒展开来。

“那不是很好吗？”

千太郎说，若菜用力地点了点头。

“我可能是过度保护了。”

森山突然小声地笑了起来。

“我也许不应该这么说一个已经不在的，而且又是你们敬仰的人，但是作为她多年的好姐妹，请允许我斗胆说几句重话。”

“啊？”

“阿德不管做什么事，都太夸张了。”

太夸张？

“她把信交给我的时候，”森山看着放在外套旁边的信说道，“没有装进信封，我虽然无意读，却也瞥到了几个字。她又在写这个世界怎么怎么了吧？”

“是的。”

“我就知道她会又来这一套。她是不是又一直在说‘听’？”

千太郎点点头。

“我这样说并没有恶意，只是一碰到自己喜欢的人，阿德就这样，说什么‘一定要聆听红豆说的话’‘月亮在喃喃私语’之类的。”

“不过，我……”千太郎打断了森山的话，“非常感谢这封信，甚至想晚一点让若菜也来读一读。或许她的说法有些夸张，于我却非常有意义，我正是因此而得救的。”

若菜又擦了擦眼角。森山一直保持着微笑，看向千太郎和若菜，然后站起身来说：“我们去走一走吧。我带你们去给阿德打个招呼。”

“给德江？”

眼泪未干的若菜把眼睛瞪得圆圆的。

二十九

在夕阳的映衬下，天空渐渐地从纯净的蓝色变成了橘红色。随着光线的移动，所有的东西都被染上了黄昏的光晕。夕阳从正面照射着骨灰堂，它看上去就像光源本身一样，光芒四射。

“阿德邀请我加入烘焙部，是在我自杀失败后。”

森山背对着阳光，伸出左手。

“我割了腕，但是下手太轻，活了下来。发病后太痛了，只感到一阵接一阵的剧痛，没完没了。我的手指弯了，手上长了一个洞，脸也肿得不像样，可我是一个女人啊。我的头上、脸上还长出了结节，化了脓。生无可恋，于是我割了腕。”

森山一边朝着骨灰堂走去，一边拧着身子继续说。

“真的很痛，痛得我都快疯了。有些人因此选择了死亡，当时我也觉得自己到了极限，不想活了，却不知道为什么活了下来。在这个围墙里，我活不成，死不了，难受极了。这时，阿德对我说：‘我们一起做点心吧。我们一起活下去！’我们成了朋友。也就是在那之后，她开始对我说那些话。她的口头禅是‘听！’‘侧耳聆听！’还有‘想象一下红豆一路旅行过来，碰到的风和天空！’”

“她也是这么对我说的。不过，既然她能做出那么好吃的豆沙，我觉得她说的都是真的。”

“你这样想也好。”森山继续说下去，“我照着阿德说的那样侧耳聆听，把耳朵靠近红豆，非常努力地去听，可是什么都听不见。什么红豆说的话，根本听不见。店长你怎么样？你听见红豆说的话了吗？”

千太郎沉默地走着，摇了摇头：“我觉得，她是想让我们以这种态度去对待红豆。”

“是的。可是，她像口头禅一样天天把这些话挂在嘴上，弄得我都不胜其烦，周围的人也开始说阿德是一个骗子。有一阵子，她还因此在烘焙部被孤立了呢。”

“还有这种事?”

千太郎完全没有听说过这件事。

“有一次，我们谈了一个晚上。我问她为什么要那么说，把大家都弄迷糊了。”

“然后呢?”

“我本来不应该让你们失望的……阿德说，她自己也不能听见红豆说话，但是只要坚信能听见，那么总有一天能听见的。她还说，只有变得像诗人那样，我们才能活下去，这是唯一的方法。如果眼里只有现实，那我们只会想到死。为了跨过这道围墙，我们必须怀着一颗已经跨过这道围墙的心。”

“德江就是那样的人，我觉得她已经超越了境界。”

“什么境界?”

若菜问道。

千太郎的脑海里浮现出那个在樱花树下拿盐渍花瓣给自己看的少女，他想形容给若菜听，最后却还是闭上了嘴。

现在，还不是说的时候。

三个人来到骨灰堂前，森山对着沐浴在夕阳中的塔礼拜，千太郎和若菜也双手合十。然而，森山迅速放下手，继续朝着向杂木林延展的小道走去。

千太郎疑惑地抬起头，若菜也不明就里地看着森山。

“森山，是那边吗？”

“是的，是那边。”

“可是，德江不是葬在骨灰堂吗？”

森山没说话，朝两个人招招手。千太郎和若菜也走进了小道。小道两旁树木林立，所以比骨灰堂前暗得多。天空还散发着橘红色的光芒，可小道这里已经进入了晚上。

森山一边慢慢地走，一边继续说着。

“我喜欢阿德说的话。她说，可以自由自在地思考，没关系的。所以每当在这条道上散步时，我都会觉得自己仿佛置身于另外一个世界。阿德绝不是骗子。”

“应该不是。”

“对，不是骗子。”

森山转过身，停下了脚步。这里麻栎、松树等树木混杂而生，使得四周愈加黑暗。透过树木的缝隙，可以看到天空是血一样的红。

“大概是她去世前的一个星期，那天晚上，我们一起在我家喝可可巧克力。阿德说她经历了一件不可思议的事情。”

若菜不由得靠到千太郎身边。

“没关系，一点儿都不可怕。阿德说，有一天就在现在差不多的时候，她在这条路上散步，第一次听见了声音。”

“什么声音？”

“她说，是树说话的声音。”

千太郎不知道该如何反应，只好含糊地应了一声。若菜挨着千太郎，不肯离开。

“她总在对别人说‘好好听红豆说话的声音’，可是直到那一天，自己才第一次听到人之外的东西说的话。”

“树木说什么了？”

若菜用嘶哑的声音问道。

“你努力了，真棒——阿德是笑着说这句话的。”

“树木说的？”

“对。阿德说她每走一步，都能听到这片森林里的每一棵树都在说话，它们说：‘你真棒！’‘你终于成功了！’她说自己是第一次听见。我忘不了阿德对我说这些话时的表情。年轻时我就认识她，还参加了她那个简单的婚礼，但是她那么幸福的表情，我还是头一次看到。你们是阿德的朋友，无论如何我想把这个告诉你们。阿德的一生不是令人同情的一生，也不是不幸的一生。我觉得树木真的在对她说话——吉井德江，你这辈子很努力了，真棒；吉井德江，你成功了。”

森山竭力将弯曲的手指伸直，指着这一片森林。

“每次我们中有人去世的话，就会在这里种上一棵树。”

若菜紧紧靠住千太郎的背。

千太郎看了看周围的树木。

这里的每一棵树，都是在这里顽强走完一生的人，曾经存在过的证明！

“天黑有些看不清，阿德的树是那棵。”

近处有一堆土，上面种着一棵树苗。

“我们大家经过商量，种了一棵染井吉野樱。阿德喜欢樱花，她好像是在爱知县一个叫新城的地方附近长大的。她常说那里的樱花很美，想再回去看看。另外，后面的那棵榉树，是阿德的老伴去世时种下的。”

千太郎和躲在他背后的若菜一言不发地看着那些树。每当风吹过，枝叶互相触碰，沙沙作响。

请侧耳聆听！

德江的声音似乎就在身边。

千太郎向前迈了一步，走近树苗，轻轻触碰这个新生命。

“德江……”

千太郎用指尖抚摸树苗的枝叶。

突然，站在身后的森山一声轻呼，千太郎把目光移向森山注视的方向。

杂木林的尽头出现了柊树围墙的剪影，一轮清澈的圆月挂在上面，仿佛刚刚从那里诞生。

若菜也情不自禁地惊叹了一声。

风吹动树木，月亮在枝叶间若隐若现，满月的光华跃动着倾泻到千太郎、若菜和森山的身上。

千太郎朝着树苗的方向，轻声说：“月亮出来了！”

AN
By Durian Sukegawa
Text Copyrights © 2013,2015 Durian Sukegawa
First published in Japan in 2013 by POPLAR PUBLISHING CO.,LTD.JAPAN and revised edition published in 2015 by POPLAR PUBLISHING CO.,LTD.
All rights reserved.
Simplified Chinese translation rights arranged with POPLAR Publishing Co.,Ltd. through Japan UNI Agency,Inc.,Tokyo and BARDON-CHINESE MEDIA AGENCY

本书中文简体字版版权，浙江文艺出版社独家所有。
版权合同登记号：图字：11-2017-253 号

图书在版编目（CIP）数据

铜锣烧也有春天/（日）多利安助川著；吕卫清译. —杭州：浙江文艺出版社，2020. 5
ISBN 978-7-5339-5850-3

Ⅰ. ①铜… Ⅱ. ①多… ②吕… Ⅲ. ①中篇小说-日本-现代 Ⅳ. ①I313. 45

中国版本图书馆 CIP 数据核字（2019）第 215163 号

铜锣烧也有春天

作　　者：〔日〕多利安助川
译　　者：吕卫清
统筹策划：柳明晔
责任编辑：邵　劼
营销编辑：张恩惠
出版发行：浙江文艺出版社
地　　址：杭州市体育场路 347 号
网　　址：www. zjwycbs. cn
经　　销：浙江省新华书店集团有限公司
印　　刷：杭州富春印务有限公司
版　　次：2020 年 5 月第 1 版
印　　次：2020 年 5 月第 1 次印刷
开　　本：850 毫米×1168 毫米　1/32
字　　数：116 千字
印　　张：6. 375
插　　页：2
书　　号：ISBN 978-7-5339-5850-3
定　　价：38. 00 元

版权所有　违者必究
（如有印、装质量问题，请寄承印单位调换）